춘몽은 더 독한 계절이다

시작시인선 0336 춘몽은 더 독한 계절이다

1판 1쇄 펴낸날 2020년 6월 30일
지은이 안영선
펴낸이 이재무
책임편집 차성환
편집디자인 민성돈, 장덕진
펴낸곳 (주)천년의시작
등록번호 제301-2012-033호
등록일자 2006년 1월 10일
주소 (03132) 서울시 종로구 삼일대로32길 36 운현신화타워 502호
전화 02-723-8668
팩스 02-723-8630
홈페이지 www.poempoem.com
이메일 poemsijak@hanmail.net

ⓒ안영선, 2020, printed in Seoul, Korea

ISBN 978-89-6021-498-9 04810
     978-89-6021-069-1 04810(세트)

값 10,000원

*이 책은 화성시문화재단의 2020년 지역예술활동지원사업에 지원을 받아 발간되었습니다.

춘몽은 더 독한 계절이다

안영선

천년의
시 작

시인의 말

나는 그림자를 읽고 있다
그림자가 나를 읽고 있다
그림자를 바라보는
내가
부끄럽지 않았으면 좋겠다

2020년 어느 날

안영선

차 례

시인의 말

제3부

제1부

수목장

꿈꾸는 후생이 나무 밑으로 스며들었지
푸석한 잔디가 밑동을 덮는 동안
단풍나무의 푸릇한 기억은
서서히 지워지고 있었어
그늘을 늘이던 모난 가지는 툭툭 잘려나갔어
오래 묵은 옹이는 환부의 딱지처럼 단단해졌지
뿌리 깊은 생장점은
번식의 촉수처럼 유골의 온기를 쫓고,
촉촉하던 물관은 모세혈관을 만들겠지
나이테는 표찰에 적힌 나이를 헤아렸어
나무의 눈이 동물성으로 반짝이기 시작했지
수십 수백의 영혼이 수군거리는 저곳,
한때는 물길과 바람이 관장하는 초식의 영토였어
뿌리와 가지와 그늘로 영역을 표시하던 수목,
유골의 따뜻한 체온은
나무의 이면에서 부활을 꿈꿨지
나무는 죽음의 영역을 넓혔고
유골에 덮인 나무는 공중에 붉은 표식을 남겼지

새

햇살이 식은 몸을 힐끔
흘겨보고 지나간다
촉촉한 바람이 굳은 몸을 톡톡
건드려본다
출입문 앞에서 그렇게 발견되었다
부드러운 살이 깃털 속에 흩어져 있고,
나는 아주 잠시 위로하며
날아가는 영혼의 주저흔*을 본다
벌써 세 구째 유리에 부딪힌
새의 영혼을 수습한다
죽은 새는 자작나무 뒤편으로 던져질 때
잠시 다시 날기도 했다
나는 손바닥에 잠시 머물던
죽음을 탁탁 턴다
새는 현생과 후생의 사이에서
얼마나 많은 날갯짓을 퍼덕였을까
새들 중에는 살기 위해 자신을 던지는 것들도 있다
푼푼이 모아 생명보험에 가입하는 새
갈아엎은 배추밭 고랑에 쓰러져 잠드는 새
낡은 크레인 위에서 툭 자신을 던지는 새

새는

살기 위해 날마다 몸을 던진다

* 주저흔: 자살하려는 사람이 한 번에 치명상을 만들지 못하고 여러
  차례 자해하여 생긴 흔적.

갯벌

달은 수음 중이다

달빛 속에서 바다가 출렁거린다 달이 바다의 물기를 빨아 들이자 축축하게 감춰둔 갯벌이 열린다 여자 몇 질퍽한 갯벌 위로 다리 하나를 내놓고 휘젓는다 투명한 무게에 눌려 잠잠 하던 생이 꿈틀거린다 널배 위 출산의 기억을 잃은 덩치 큰 자궁이 하나씩 놓여 있다 여자의 낡은 자궁이 지나간 자리마 다 질퍽한 새 항로가 새겨졌다 자궁을 깨끗이 비워낸 여자의 손 몇이 꿈틀거리는 생식기처럼 갯벌을 더듬는다 한 여자의 섬세한 촉수에 출렁이는 갯벌이 황홀경에 젖는다 갯벌은 생 의 비애를 맛보는 것과 깊이 숨어드는 것들로 분주하다 젊은 날 여자는 몸에서 어린 영혼을 분리해 낸 적이 있었다 하나를 덜어내면 다른 하나가 생길 거라는 기대는 무너졌다 여자의 갯벌은 더 이상 축축하지 않았다 여자는 바닷속 갯벌의 빈 자 궁을 상상한다 무심코 지나온 길은 다시 돌아가야 할 미궁의 길 회귀의 항로가 혼미하다

수분을 토해 낸 달은 바다에 빠져 갯벌과 한창 교미 중이다

만월

　낙과의 숫자가 늘어날수록 농협의 체납 이자도 많아졌다 대형 마트의 낙과 할인 판매는 바자회 혹은 선심성 자선 행사처럼 화려했다 그들은 또 다른 이윤 만들기에 바빴고 나무 상자째 가득 쌓아놓은 낙과 옆에는 열대 과일이 엠보싱 용기에 가지런히 담겨 있다 과일 좌판을 따라 현수막이 걸렸다 현수막에 그려놓은 홍옥이 과수원 김 씨의 얼굴처럼 붉었다

　과수원 옆 비탈에 쑥부쟁이가 피기 시작했다 트랙터가 출하를 앞둔 질퍽한 배추밭을 갈아엎는다 녹아내린 배춧잎의 알싸한 군내가 최 노인 댁 무밭으로 옮겨 가는 트랙터 바퀴에서 출렁거린다 트랙터 뒤를 쫓는 최 노인의 걸음이 저녁 노을처럼 붉었다

　공제선 위로 만월이 고개를 든다

더덕북어

용대리 덕장에 겨울이 소복이 쌓인다
이 비릿한 어류의 본적은 러시아산 오호츠크 바다
바다를 떠난 순간 더러는 이름을 바꾸기도 국적을 바꾸기도 한다
피었다 시든 얼음꽃에서 비릿한 이국 언어가 흘러내린다
굳고 단단한 몸이 바람과 햇살에 겨워 숨겨 둔 바다를 쏟아낸다
속살이 푸석하게 부풀어 오른다

낡은 침대 위 아버지가 어류처럼 누워있다
바람에 한껏 마른 낡은 몸
쥐어짜듯 온몸에서 물기 흘러내린다
흘러내린 물기에 바다를 담은 지도가 흥건하다
한때 명태처럼 깊은 세상의 주인이었을 아버지,
단단한 고집과 견고한 헛기침을 놓자
물기 빠진 팔과 다리에서 푸석푸석 소리가 난다
속살이 푸석해질수록 아버지는 이름을 바꾸곤 했다

어머니는 황태를 더덕북어라 부른다
두드리지 않아도 푸석한 속살이 부드러워 좋다 한다

온갖 시름 내려놓아야 속살이 부드러워진다는데,

차이고 흔들리고 숨죽여 온 생

아침부터 황태 속살을 뜯던 어머니가

침대 위 아버지를 슬쩍 돌아본다

물기 빠진 아버지 낡은 배가 푸석하게 부풀어 오른다

벽을 오르다

화단을 디딘 뿌리는 힘이 없다
검버섯을 피워대는 낡은 무게의 줄기
한때는 뚝 튀어나왔을 힘줄과 근육은
하늘을 향하는 것들에게 다 내어주고
이제 빈손을 털듯 뒷짐을 지고 있다
나약한 뿌리가 만든 저 무한 생의 흔적
오를수록 싱싱해지는 푸릇한 생장점마다
그 싱싱함의 이면에 딱지처럼 달라붙은 상흔
욕창이 들어 진물이 묻어나는 줄기 하나

지상에 주소를 둔 잎이 벽을 타고 오른다
지붕 끝에서 잠시 주춤거리는 흔들림
수묵으로 다가서는 어둠의 저편에서
저녁놀에 물든 잎은 바람을 따라다니고
물질하던 낡은 뿌리는 휘청대며 자리를 잡는다
먼저 오른 잎은 정상에 깃발을 꽂듯 붉게 물드는데
허공에서 만나는 정점은 저런 것일까
등 굽은 가지가 그림자를 넓히며 지상을 향하듯
시작과 마침은 늘 그 자리에 있다
깃발이 바람의 끝자락을 쥐고 흔든다

정상은 휘청대는 것들이 다시 발길을 내딛는 시작점
만년설은 저만을 위한 허공을 뒤춤에 감추고
더는 길을 열어주지 않았다
하루하루를 쫓는 생의 정점도 이러할까
모든 길은 뫼비우스의 띠 속으로 이어져
오르는 길은 내리는 길을 찾아 돌고 도는데
하산을 꿈꾸는 셰르파의 호흡이 저리 편한 것은
목숨의 뿌리를 지상에 둔 까닭

오름의 끝은 지상이다

얼룩

바람이 모이는 곳은 떠나는 자들로 분주하다
비껴간 바람의 이면을 찾는다
타블로이드판 벼룩시장 한 부를 펼친다
그 지상의 소식 위에 새로운 영역을 만든다
영역 주변으로 뾰족한 냉기가 기웃거린다
이따금 냉기의 침입을 막는 종이 상자 두께가 고맙다
그가 소주병을 기울일 때마다 맑고 푸른 생의 흔적이 흘
러나온다
푸른 생은 종이컵을 가득 채우고 넘친다
얼룩으로 번진 생이 각진 영역을 모나지 않게 넓힌다
취기가 얼룩을 따라 비틀거린다
그는 지난 생을 밤새 짭짤한 새우깡 안주와 버무린다
소주 몇 컵이 그를 뜨겁게 흔들어댄다
아파트 매매 광고 위에서 그는 붉게 달궈진다
중고차 연락처 적힌 벼룩시장 위에서 그는 잠든다
지하도 형광등에 얼룩이 휘청거린다
소란스러운 아침이 잠든 어깨를 두드린다
날 선 바람에 베었는지 그는 말이 없다
낯선 눈들이 수군거리며 지나간다
구급대원 둘이 분주하게 그를 새로운 영역으로 옮긴다

밤새 만든 얼룩은 둘둘 말려 버려진다
술잔을 나누었던 어깨가 기둥 뒤에서 파르르 떨고 있다
미온이 남은 바닥에 낡은 돗자리 하나 새로 깔린다
한동안 바닥은 차가운 기억을 잊을 것이다
그는 그렇게 세상에서 자신의 영역을 지워버렸다

이화동* 연가

강물처럼 굽은 사이로 이국의 언어가 흐른다
지류의 끝은 다닥다닥 붙은 골목이다
강물을 따라 배꽃 대신 가난한 기억이 피어있다
굽은 길이 바람을 지고 낙산을 오른다
바람을 업은 마을 하나 층층이 계단을 쌓는다
아버지의 아버지는 말한다
지상과 멀어질수록 세상을 잘 볼 수 있다
가게 앞 노인 몇이 막걸리병을 세고 있다
하얀 종지 속 굽은 멸치도 막걸리병을 세고 있다
주인이 달력에 지불되지 않은 이력을 적는다
이국의 언어가 투명 렌즈로 마을을 기억한다
낯선 시선도 이따금 막걸리병을 세고 있다
굽은 길 구르던 막걸리병 휘파람을 분다
휘파람 소리 낙산 성곽을 도는 순라군을 닮았다
휘파람은 굽은 길을 돌고 또 돈다
오후 들며 모퉁이 집 화단에 늦은 가을이 핀다
천사를 닮은 꽃이 골목에서 천사를 몰아낸다
평상에 앉은 노인이 햇볕을 따라 자리를 옮긴다
이국의 언어가 노인의 햇살을 기웃댄다

이국의 시선이 소란스럽게 무리 지어 빠져나간다
이화동엔 어제보다 더 추운 밤이 찾아든다

* 이화동: 서울시 종로구 낙산공원 아랫마을.

가마우지

새 한 마리 햇볕에 날개를 말리고 있어
날개는 잔혹한 사치였지
나일론 끈에 묶인 동료는 아직도 물질 중인데
낡은 시계 찬 어부는 여전히 침묵 중이야
아침부터 축축하게 젖은 날개
부리와 목젖 사이 비릿하게 젖은 생이 몸부림쳤어
노동의 대가는 비린 기억과 혈흔 선명한 생선 내장
오늘도 잊힌 생 하나 가마우지 배 속에 유택을 지었지
옛날부터 이 호수 속에는 가난한 새 한 마리 살고 있어
사치스러운 날개를 몸통에 바싹 붙인,
발을 지느러미처럼 휘저을 줄 아는,
날렵한 유선 몸매를 가진 새 한 마리 살지
어류의 후미가 입속으로 사라질 때까지
오늘도 새는 살기 위해 날개를 접었어
내 어릴 적 아버지도 날마다 날개를 접어야 했지
접은 날개를 러닝셔츠 속에 꼭꼭 감추곤 했어
아버지는 집에 돌아와 젖은 날개를 꺼내 말렸지
날개는 언제나 지독한 사치였어
가마우지처럼 날개를 접어야 사는 아버지에게는

꿈틀대는 액자

이상도 하지 묘한 버릇이 생겼어 풀과 나무를 바라보며
숨은 그림 찾는 버릇이 생겼지 햇살은 바람 끝에서 방울방
울 떨어지는데 참새 한 마리 모과 향에 취해 퍼덕이더니 사
라졌지 더위에 달달 볶여 붉게 멍든 잎이 미온으로 남은 참
새 족적을 덮는 시간 허공으로 뻗은 뿌리 따라 하늘도 붉은
꿈을 꾸기 시작했어 노을을 향해 고개 숙인 채 가게 앞을 기
웃대던 저 노인 자벌레처럼 늘어진 그림자가 유모차에 끌려
가고 있더군 그림자 속에 구겨진 일상이 종이 상자로 유모
차에 쌓이고 파지로 남은 생흔은 느릿느릿 뒤를 따르는데
원주율 따라 언덕길 오르는 저 바퀴의 정점은 어디일까 그
믐달처럼 나뭇가지 끝에서 망설이고 있을 노인 숨소리 바람
은 풍경 속에서 그믐달을 몹시도 흔들어대더군 유모차 바퀴
소리에 깔려 휘청거리는 밤이 오는데 숨소리는 폐지로 빈
골목을 헤매겠지 액자 속에서 한 남자가 다가오더군 데칼코
마니처럼 오른손을 들면 왼손으로만 답하는 꽤 닮았지만 전
혀 닮지 않은 모습이야 액자 속에서 남자가 노인의 숨소리
를 따라 걷고 있어 나는 이렇게 또 다른 액자 속에 갇혀있는
데 정말 이상도 하지

층간 소음

경비실 이 씨가 나섰지만
싸움은 끝나지 않았다
이 씨마저 빗물처럼 쏟아지는 욕설에 흠뻑 젖었다
오늘도 최 순경이 도착해서야 사건은 끝이 났고
행복아파트 전담 최 순경의 정리는 늘 명쾌했다
욕설을 어디로 뿌려야 할지 아는 그들은
습관처럼 소음을 거둔다
익숙한 소리가 불통을 만든다
그들은 최 순경 말대로
욕설의 대상을 바꾸지 못했다
소음은 거리를 떠돌고 있다
바리케이드를 사이에 둔 대치도 이러했고
고물상 주인과 폐지 줍는 노파의 협상도 이러했다
국경 없는 마을*에서는 만국어가
촘촘한 층간 소음을 쏟아낸다
밤새 공원에서 욕설을 내뱉던 사내가
종이 상자 밑에서 영안실로 옮겨졌다
그가 남긴 소음은
나무와 나무 사이에서 서성거린다
새소리와 새소리가 만드는 무수한 층간

하늘과 땅 사이에 흘러든 소음이 바닥에 쌓인다
익숙하거나 익숙하지 않은 소리가
불통을 만든다

* 국경 없는 마을: 안산시 단원구 원곡본동 다문화 마을 특구.

곰팡이 꽃

환생을 꿈꾸는 폐지의 값 킬로그램에 백 원

책장에서 낡은 이력을 골라 차곡차곡 쌓는다
붉은 나일론 끈에 묶인 것들은 층층이 나이테를 만든다
나이테는 잠시 전생 흔적을 더듬을 것이고
말랐던 물관에는 지나온 이력이 촉촉하게 스밀 것이고

책장이 속을 비울 때마다 현관 앞에 묵직한 나뭇더미가
쌓이는데, 책장 주인은 누구였을까 칸칸이 각진 나무가 울
창한데, 작은 잡목에서 졸졸졸 향기 없는 시詩가 흐르는데,
푸석한 고목이 주절주절 생기 없는 말을 쏟아내는데, 나무
의 얇은 철자들이 슬금슬금 뒷걸음질 치는데,

희망고물상 구석에 던져진 헌책 뭉치 위
노래기 한 마리 습한 물길을 따라 시를 적고 있다
저 비릿한 습지가 만드는 생은 부산할 것이고
제명을 다한 책은 노래기의 둥지로 환생을 꿈꾸고

서늘한 수은등 아래 곰팡이 꽃이 탐스럽다

재떨이

허공을 향해 일탈을 꿈꾸다
드러내지 못한 속내가 불꽃으로 타들어 가는 입술
떨쳐 버리지 못한 언어의 유희적 잔재 위에
아내의 잔소리에 상한 마음을 차곡차곡 털어댄다
재떨이엔 부정不淨으로 굳은 낡은 습관들이
입김에 휘둘린 채 구겨져 있다
가벼운 흰 연기가 기운 빠진 나른한 하루를 곱씹은 채
끈적끈적한 진액으로 남아있다
몇 해 전 아버지는 담배를 끊고 재떨이를 닦으셨다
귀가 순해진다는 이순이 되어서야
편두통이 사라졌다는 아버지의 서러운 젊음
후미진 하숙방에서 냉수를 들이켜며 담배를 피우셨단다
새벽이면 누런 황 내와 모락모락 피어오르는 연기로
몸을 감싸며 수십 년을 그렇게 사셨단다
그러나 아버지가 닦아낸 것은 끈적끈적한 진액만은 아니다
수십 년 겹겹이 쌓은 설움의 얇은 막들을
속죄하듯 하나씩 벗겨 내는 일이었다
세상 이야기가 귀에 거슬리지 않는 나이가 되면
나도 내 아버지처럼 찌든 재떨이를 닦아낼 것이다

흉터로 남다

꽁꽁 동여맨 실을 풀어내자
귀밑으로 햇살을 담은 금이 생겼다
빛의 각도를 따라 만들어지는 힘의 이력
수술대 위에서 신체의 한 부분을 슬쩍 걷어 가던
메스는 날카롭게 웃고 있다
한 줌의 종양 덩이가 뿌리를 드러내자
움츠렸던 어깨에 자꾸 힘이 들어간다
힐긋힐긋 스쳐 가는 골목길 사내들이
시선을 재빠르게 걷어 감추는 것도
숨어있던 낡은 두려움이 잘려 나간 때문이다

흉터를 걱정하는 아내를 보면
자꾸 웃음이 나온다
한 줌의 살덩이를 도려내고 얻은 생이
더 강할 수 있다는 사실에 몸이 가볍다
작은 아이가 떠 준 모자를 쓸 때도
귀밑을 살짝 드러내는 것은
처음으로 몸에 새긴 타인의 흔적 때문
한때 흉터가 문신으로 남기를 기도한 적이 있다
이 음영 진 자국에 겸손해지는 것이 있다는 사실을

아내에게 자랑하고 싶은데
딸아이의 졸업식 소식이 가까울수록
흉터가 흐릿해졌으면 좋겠다는 생각도 문득문득 든다

리플레이

아이는 울다 잠이 들었다
잠든 아내 볼에 입을 맞춘다
느릿느릿 신발 끈을 묶고 현관을 나섰다
고요한 밤이 제격이다
어둠 속에서 속도는 길을 잃었다
질주하는 것은 본능이다
서글픈 꿈이 본능을 향해 걷고 있다
걸음은 무뎌지고 맥박수가 빨라진다

아내와의 첫 연애를 떠올린다
아내와의 첫 다툼을 떠올린다
아이와의 첫 눈 맞춤을 떠올린다

......
　　......
　　　......

잠든 아이의 얼굴을 기억한다
따스한 아내의 볼을 기억한다
배웅하던 녹슨 현관문 소리를 기억한다

불빛은 눈이 부시다

경고음에 귀가 따갑다

자동차에서 내린 사내의 욕설이 반갑다

졸리듯 눈이 감겼다

심장도 잠이 들었다

희미해진 불빛 속에 당신 꿈이 리플레이되고 있다

제2부

수평으로 걷기

신발장에서 구겨진 구두 하나를 꺼낸다
낡은 표피를 따라 차곡차곡 쌓인 시절
상흔처럼 누렇게 얼룩져 있다
광택 잃은 거죽엔 우시장에 끌려가던 짐승
그 애절한 울음이 묻어있다
거칠었던 도로의 이면을 따라
내 보폭의 길이를 재던 튼실한 뒷면
낡은 걸음에 휘청대는 날이 잦았던 요즘
서서히 지워지는 이 중년의 걸음에
아내의 반짝이는 구두가
팔짱을 끼듯 기대어있다
때론 익숙한 걸음일수록
밑창을 갈아야 함을 알았다
수선공의 손에 수평 잃은 밑창이 잘려 나가고
기우뚱한 생도 한동안은 반듯할 것이다
교체한 밑창이 만드는 새로운 걸음의 한 보폭
이제 아내가 팔짱을 풀어도
나는 수평의 한 시절을 걷는다

MRI 판독기記

내 몸의 내면을 들여다본 적이 있었어

수많은 탐욕이 뼈의 후미진 곳에 더덕더덕 붙어있더군
엑스레이 예리한 눈도 피한 비밀이었지
척추가 애욕의 촉처럼 기우뚱하게 휘어져 있었어
뭐, 그 정도야
4번과 5번 요추 사이가 발기한 성욕처럼 튀어나왔지
이건, 좀 흥미로운데
담당 의사는 내 몸을 보더니 짜릿한 전율을 느끼더군
그의 관음증이 내 몸의 이면을 훑고 있었지

속내를 드러내는 일은 자위를 들킨 것만큼 부끄러운 일이야
내 몸의 단면이 나이테를 닮았다더군
눈으로 새긴 것들이 차곡차곡 나이테를 채웠을 텐데
그는 발기한 것들을 요추 추간판 탈출증이라 부르더군
욕망은 잘라낼 필요가 있다고 하지만
내 질곡한 생의 흔적 오롯이 놓치기는 싫었어
더 이상 발기하지 않도록 신경 주사를 맞으라 했지
이제 내 척추 일부는 식물인간처럼 살게 될 거야

참, 우습지
벌써 내 사랑도 무뎌지기 시작했어

롤러코스터

오늘도 롤러코스터를 타기 위해 집을 나서요
그런 내가 아내는 걱정인가 봐요
제발
다음 순서를 기다리라 하네요
덜컹덜컹 가파르게 달려온 레일
기계음에 심장이 두근거려요
차단기가 내 앞에서 열리는 순간
오늘도 아내의 문자메시지가 와요
제발
다음 순서를 기다리라 하네요
양복 안주머니에 손을 넣어요
그곳엔 티켓 한 장이 숨어있어요
구겨진 하얀 봉투는 빨리 티켓을 쓰라 재촉하네요
수직 낙하를 꿈꾸는 절정의 한순간
한번쯤 멋진 짜릿함을 만끽하고 싶은데
오늘은 자꾸 아내의 문자메시지가 와요
제발
다음 순서를 기다리라 하네요
손끝으로 전해 오는 티켓의 떨림
만지작거리던 손이 자꾸만 미끄러져요

오늘도 못 이기는 척 손을 거두고
종종걸음으로 지하철 속에 숨어들어요

단풍 주의 구간

풍경은 말의 재단사였을지도 몰라

(단풍 주의 구간입니다 주의 운전하시기 바랍니다)
내비게이션의 낭랑한 소리가 들렸지
알록달록 물든 단풍이 골짜기를 품고 있었어
하늘은 온통 바닷빛으로 채색된 날이었을 거야
말은 저속으로만 풍경을 즐기는 시간을 허락했어
아내는 모든 말이 단풍처럼
선홍색이거나 노란색이었으면 좋겠다고 했지

풍경은 차창에 가까워질 때마다 선명한 말을 쏟아냈어
저 앞선 곳 고라니 한 마리 풍경에 갇혀 쓰러져 있었지
(야생동물 출몰 지역입니다 주의 운전하시기 바랍니다)
붉게 물든 풍경은 가끔 말을 놓치기도 하나 봐
말을 놓친 풍경이 도로 위에서 싸늘하게 식어가고 있었지

단풍 주의 구간
아내에게서 처음 들어본 말이야
두근대는 아내의 속내를 귀가 먼저 읽어낸 말이지
도로 표지판에 없는 말

인터넷에 검색되지 않는 말
풍경이 꼭꼭 숨겨 두었다 이 계절에만 끄집어내는 말이었지

아내는 시월이면 단풍 주의 구간을 달리고 싶어 했어
풍경이 전하는 말을 듣고 싶어 했지

투명을 쫓다

바람의 이력이 투명을 쫓고 있다
창밖은 풍경 소리 투명한 반나절의 어디쯤
남은 햇살이 싹둑 잘려 나간다
풍경 끝에서 요동치던 물고기
조각난 햇살 피해 흐릿한 구름 속을 붉게 헤엄치는데
저 회귀성 어류,
골목으로 축 처진 어둠을 물고 들어선다
어둠은 잠시 맑은 창 안을 기웃거린다
투명한 것의 실명은 투명하지 않은 것
맑은 창 안에서는 사라졌던 투명한 것들이
어둑한 창 풍경 위에 겹쳐 있다
투명의 이면에 새겨지는 반투명의 실루엣
맑은 창에서 보이지 않던 질곡의 생이
불투명 창을 기웃대는 그림자처럼 상처를 새긴다
때로는 어둠 속으로 숨어야 할 것이
어둠 속에서 그 본성을 드러내고 있다
투명이 바람에 쫓기듯

토기를 복원하다

설거지하던 아내 손에서
옹이진 마음 하나 툭 쏟아졌다
그것은 싸움의 시작이었을지도,
분노는 빗살무늬처럼 흩어졌다
몸에서 샌 붉은 분노가 모서리에 물들 때
토기 복원 연수를 받던 박물관 선사실을 떠올린다
택지 개발 구역에서 발견되는
토기 파편도 분노의 조각일지도 모를 일
복원하지 않은 상처가 즐비한 이곳은
한때 모계와 부계의 서열 다툼이 가득했던 곳
빗살의 굴곡을 따라 접착제를 바르던 손이
흙으로 남은 상처를 감싸듯
일회용 반창고처럼 토기에 착 달라붙는다

유리창

유리창 너머에 사는 사람들은 몸으로 말한다
음량을 줄여 놓은 일일 연속극처럼
그들의 하루는 고요한 외침으로 분주하다
나는 또 다른 유리창 너머에서 그들을 본다
아침이면 썰물에 이끌려 각기 바다를 향하고
저녁이면 밀물처럼 서서히 돌아오는 사람들

그러고 보면 이 맑은 창도 한때는 비린내 나던 사물
갈매기 울음과
바다 향 머금은 해초와 친하던 고운 모래였다
투명한 것들의 후생은
여전히 투명한 생인 것이다
해풍으로 스민 갯벌의 혈흔도 용광로에서는
걷어내야 할 하나의 불순물이었을 것이고
투명한 것들이 다시 투명이 되는 온기에
잠시 몸이 더워지는 불의 흔적

불빛과 움직이는 모든 것들이 방영되는 저 밖
투명한 세상의 무언이 시끄럽다
소리가 아닌 행동으로 내는 소리들

문득 유리창 너머 사람들의 시선을 느끼는 순간

멀리 있다는 바다의 소리가 귓가에 들리는 듯도 하다

빨래를 널다

황사 주의보를 안고 거실로 들어선다
문득 눈 끝이 머문 식탁
춘곤의 기지개로 손짓하는 아내의 필체
숨겨진 보물을 찾는 아이처럼 세탁기를 향한다
주인도 없는 사이
거친 숨을 몰아쉰 흔적이 하수구 거품으로 남았다
세탁기 속에는 아내와 딸
아들이 서로 부둥켜안고 있다
그사이 내 팔 하나는 아내의 바지 속에
다리 하나는 아들의 태권도복과
딸아이의 블라우스 사이에 끼어있다
배시시 웃음이 묻어난다
서로가 묶고 묶는 일상의 연결 고리
그 관을 따라 끈적한 정이 흐를 것이다
하나가 둘이 되고
또다시 넷이 되는 소박한 섭리
두 팔로 가족들을 안고 거실로 나온다
튼실한 줄기에 앙상한 가지로 뻗은 고목
그 나무에 자꾸 잎이 돋아난다
가지에 잎으로 걸터앉은 아내와 딸아이

금강권으로 한껏 폼을 잡은 태권 소년
그 좁은 틈을 비집고 내 무좀의 흔적도 자리를 잡는다

오늘도 익숙하게 가족의 일상을 넌다

벽에 거는 세상

놓치기 쉬운 것들이 아내의 세상 속에 달라붙는다 섬세한 손끝으로 주워 모은 삶의 끈 하루가 지나면 쉽게 잊힐 것도 아내의 세상에선 누군가의 눈길을 사로잡는다

마음 졸이는 딸아이의 시험 날짜이거나 작은놈 태권도 승급 심사, 조롱박처럼 주렁주렁 매달린 것들은 아내의 눈에 들어야 하얗고 토실한 속살을 키운다 언제 빛을 찾아 유영할지 모를 조카의 예정일을 적는 아내 더 보탤 것을 찾아 자리 비운 아내의 세상을 슬쩍 바라본다 큼직한 별표에 형광펜을 더한 내 출생의 순간이 이미 자리 잡은 것들의 틈새를 비집고 앉아있다

아내가 만든 세상에 생의 끝은 없다 확인할 수 없는 끈은 슬쩍 놓아버린 때문이다 기록되지 못한 것들은 아직도 미궁 속에서 헐떡인다

수혈을 받다

몸이 묵직한 날이면 일상처럼 물을 받는다
다른 뿌리에서 솟는 줄기가 따뜻한 파장을 만들고
목초액 몇 방울이 물 밑에서 죽은 나무의 영혼을 깨운다
치잣빛으로 번지는 수혈의 그림자
그림자에 치자 향이 아닌 살냄새가 배어있다
산짐승 하나 보살핀 은덕도 부족해
소신공양의 업을 사는 것일까
풍뎅이에 제 살을 도려내더니
이제 물속 가느다란 혈관만 찾는다
몸을 꼭 껴안은 물속에서 차오르는 회한
호흡 가쁜 부레처럼 살을 비비면 떠오르는
흔한 생들이 수면 위로 툭툭 솟아오른다
혈액을 수혈받은 몸에서는 연록의 새살이
튼실한 뿌리를 뻗으며 힘겨운 호흡을 시작한다
굵은 줄기에 나이테를 키우던 나무 하나
거울 속으로 뿌옇게 사라져가는 나를 바라보며
오늘도 거실을 향해 조심스레 가지를 뻗는다

갈천 풍경
—지석역에서

원천의 꿈이 마르지 않는 곳
수렵과 농경의 한 시절
맑은 물에 동검을 씻었을지도 몰라
반쯤 기운 고인돌은 어느 족장의 유택일까
반달돌칼로 벼를 거둬들이던 저 들녘
밀레의 저녁보다 더 숙연했을 거야
수천 해를 이어온 노을 붉게 젖는데
갈천이 지석을 포근히 안은 사이로
기차 한 량이 청동기를 지나고 있어

낙서 혹은 기억

지울 수가 없었다
낡을수록 선명한 생흔
화석으로 눌어붙은 유년의 하루하루
수십 년
지나온 시간
느낌표가 읽어낸다

깨어진 창 기웃거려 먼지를 발라내면
기이한 벽화와 조각난 자모음들
그 시절 못다 한 얘기 두런두런 풀어낸다

운동장에 주전자 하나
어린 시절 그리고 있다
오징어 모양이거나 십자가 모양이거나
술래는
퇴적층에 남은
화석 같은 마흔의 후생

햇볕 등진 술래가 그림자를 쫓고 있다
쫓을수록 흐려지는 낙서 혹은 기억
또 다른 술래에 쫓기듯 흐려지는 내 그림자

도시의 법칙 1

　빌딩의 이면은 늪지처럼 축축하다 이 늪지를 기억하는 것
은 초점을 놓친 눈알, 날 무뎌진 발톱, 이면을 기웃거리다
멎은 심장, 겁에 질려 찔끔찔끔 흘린 배설물, 새로운 종이
등장했을 때 허세 좋게 건들대기도 하고 더러 으르렁대기도
하고 더러 숨을 곳을 찾기도 하고,

　가지마다 주렁주렁 늘어지는 열대기후 울창한 원시림,
늘어진 햇볕 속에 열대 언어가 우수수 쏟아진다 무색의 언
어가 만드는 투명한 경계, 그 너머로 진화한 사피엔스종이
즐비하다 갑과 을이 존재하는 도시 먹이사슬 속에서 느끼
는 서늘한 기운,

　순간, 배설을 놓친 몸들이 싸늘하게 식어가고 있다

도시의 법칙 2

밀림에서 쫓겨난 그는 순한 짐승이었다
천변 밑을 어슬렁거리다
골목 주점에서 소주잔을 흔들어댄다
매일매일 목숨을 담보하던 저 순한 것들이
본능이 질주하는 정글 한복판에서
오늘은 취기에 맹수처럼 호기를 부리고 있다

512호 터줏대감

그는
몸에
쇠붙이를
키웠지

무릎에서 낡은 솜틀 기계 소리가 들릴 때면
나사 조임이 느슨해진 거라 말했지
움직일 때마다 마찰음은 더 커졌고
병실을 떠도는 매캐한 부유물은 햇살의 파장을 즐겼어
무료한 그는 새로운 환자의 방문을 기다렸지
먼지는 화석처럼 몽환 속에서 뽀얗게 지나온 시절을 되
새겼어

삼십 년 전 서울 변두리에 중고 솜틀 기계를 장만했지
씨앗을 도난당한 목화송이는
녹슨 기계 속에서 갈기갈기 찢기곤 했어
가게 앞 평상엔 불치 환자처럼 솜뭉치가 쌓였지
불치의 기억은 원통에 둘둘 말려 가벼워졌어
가벼워진 생은 그의 처방을 떠나 재생을 기다렸지

낡은 기계가 휘청거리면 부품을 바꿔야지
덜컹대는 톱니바퀴에 기름칠이 더해지면
그의 마디마디에도 말랑말랑하게 연골이 채워졌어
녹슨 모터 늘어진 고무벨트가 교체될 때
조임 나사가 뼈를 지탱하는 철심의 버팀목이 되었지
솜틀 기계는 낡아가고 그는 더욱 생생해졌어

512호
병실
터줏대감
처럼

제3부

신新 몽유도원도 1
―상춘기

제발 제발 잠들지 않았으면 좋겠다

시집 한 권을 골라 머리맡에 놓는다 불면의 눈으로 행과 행 사이 감춰놓은 여백을 읽는다 활자는 낯익을수록 여느 자장가보다 친숙하다 감춰놓은 여백 사이 진분홍 향기가 흘러내린다 흘러내린 향기는 도원 어디쯤에서 오는 것일까 연과 연 사이 여백이 만든 계곡을 따라 의식과 무의식 중간쯤 그 몽롱함이 두렵다 나는 그만 분홍빛 향기에 길을 잃고 만다 골짜기마다 도화 향기 가득한데 바람에 날릴 꽃이 없다 봄볕 가득한데 가슴 채워줄 온기가 없다 혹독한 허상에 쫓기고 쫓기고 또 쫓기고, 혹은 촛불이 꺼질지도 모른다는 두려움, 이따금 벼랑 끝에서 떠밀려 추락하는 데자뷔, 춘몽은 현생보다 더 독한 계절이다

시와 시 사이 여백을 따라 신新 몽유도원도를 그린다

신新 몽유도원도 2
─화성 생존기

큐리오시티*가 전송한 기록입니다

　도화 향 가득한 무릉 한 자락에서 연신 분홍빛 꽃비가 쏟아집니다 여왕벌에 반한 로봇 벌이 한 통 가득 꿀을 채집합니다 진공 압축한 빵에 꿀을 바르자 불쑥 주먹만큼 부풀어 오릅니다 우주 목장에서 갓 짜낸 염소젖을 숨도 쉬지 않고 벌컥벌컥 마십니다 지구 언덕에서 쫓겨나 플레그라**에 묶인 염소, 매애매애 우는 소리가 경쾌한 슬픔이 됩니다 나는 입가에 묻은 출산의 흔적을 핥으며 지구의 영롱함을 자근자근 탐닉합니다 달을 연인으로 둔 지구의 자전 주기를 손가락으로 세며 즐거워합니다 인조 공기를 마시며 인공 비를 맞고 우주스럽게 익는 복숭아 그 달콤함을 음미합니다

　큐리오시티가 지켜보는 한 나는 오늘도 행복한 척할 것입니다

---

* 큐리오시티: 2012년 8월 6일 화성에 착륙한 NASA의 탐사 로봇.
** 플레그라: 화성 북위 30도의 엘리시움 화산 지대로부터 북위 50도의 북부 저지대 깊숙이 뻗어있는 산맥.

신新 몽유도원도 3
—백수 탈출기

어느 공시생*의 일기입니다

아침부터 질척하게 비가 내렸지 조간신문 머리기사 공시생 오십만 시대, 몇 해 전 노량진 고시촌에 거주지를 옮기고 그 무리에 이름을 슬쩍 끼워 넣었어 아버지는 마을회관에 갈 때마다 아들이 공무원이 될 거라며 한껏 자랑을 했지 대학은 사 년만 다니면 되는 줄 알았거든 아버지는 사 년 후 멋지게 출근하는 아들 모습을 상상했겠지 졸업은 오 년, 육 년이 지나도 먼 남의 이야기가 됐지 그사이 학원 수강 시간은 줄어들고 빈자리는 촘촘하게 아르바이트로 채워졌어 공시생 오십만 시대 슬며시 나는 무늬만 공시생이 되어갔지 전단지 아르바이트를 마치고 고시원으로 돌아오는 길, 주머니에 든 이천 원으로 로또를 샀어

오늘 밤은 도화 향 가득한 꿈속에서 절대 깨지 않을 거야

* 공시생: 공무원 시험 준비생의 약자.

신新 몽유도원도 4
—인턴 탈출기

나는 지난 몇 년을 정말 열심히 살았어

그사이 내 이름이 사라졌지 그사이 꿈도 사라졌어 그사이 인턴이라는 모호한 이름과 정규직이라는 아득한 꿈이 생겼지 내 아득한 꿈은 그들이 움켜쥔 예리한 창끝이야 창끝에 나는 언제나 안절부절못하거든 뾰족한 끝은 때때로 나를 유린하기도 하고 그들이 잠시 비워 놓은 텅 빈 어둠을 밤새 지키게도 하지

몰랐어 정말 몰랐어 애완견은 충견일 뿐이라는 것을, 그들은 늘 나를 안아주고 늘 나를 감싸주지만 내 표피에 닿는 그들의 체온은 언제나 시리도록 싸늘했지 아마도 나와는 세포 구조가 다른 종족인가 봐 그들에게 나는 아직도 미생이었지 오늘도 졸음에 겨워 눈을 비비다 텅 빈 사무실 책상에 엎어져 모호한 이름으로 잠이 들었어

내일 아침, 그들이 도화 향기 그윽한 내 진짜 이름을 불러줬으면 좋겠어

신新 몽유도원도 5
—신인류기

나는 오스트랄로피테쿠스 아파렌시스 후손입니다

    할머니는 비틀스가 좋아하는 루시*, 먼 옛날 어머니의 어머니, 그 어머니의 어머니를 따라 이 땅에 왔지요 어린 시절 호모 루덴스**를 꿈꿨지만 유희는 소소한 사치였나 봅니다 낮에는 루시처럼 꽃가루 따라 초원을 달립니다 밤에는 내 키 서너 배쯤 되는 나뭇가지에 오릅니다 루시는 그래야 살 수 있다 말하곤 했지요 그렇게 먹고 자는 일이 일상이 되었지요

    신은 거짓말을 곧잘 합니다 가난하니 복이 있다 하고 천국이 내 것이라 하지요 복은 부자에게만 주면서 말이에요 오늘도 사나운 짐승들이 우글대는 이 도시에서 선사의 한 시절을 걷습니다 찬란한 저녁은 초원의 밤보다 스산합니다 삶이 스산해도 유희라면 좋겠어요 회귀 본능을 따라 무거운 그림자가 보폭을 맞춥니다

    오늘도 취기 속에서 도원을 걷는 호모 루덴스 꿈을 꿉니다

---

* 루시: 에티오피아에서 발견된 오스트랄로피테쿠스 아파렌시스종. 약 320만 년 전에 살았던 최초의 여성 인류로 비틀스 노래에서 이름을 따움.

** 호모 루덴스: 유희하는 인간.

신新 몽유도원도 6
―수생기

한때는 지상에 뿌리를 둔 수호의 생이었다

저 물결 안쪽 숨바꼭질하던 유년의 골목이 숨어있다 수면 위 버드나무 가지는 묵묵히 주영이네 막걸리 가게 좌표를 지키고 있다 가게 옆 평상이 소란스럽던 시절 보상비를 받은 이들은 하나둘 평상을 떠났다 지상에 뿌리를 내려 지상을 버리지 못하는 것들, 미처 떠나지 못한 것들은 수생의 삶을 살고 있다 맑은 봄 햇살이 지상의 생을 놓친 것들과 밀회 중이다 버들잎은 수십 년째 수면에 연서를 적고 있다 오늘도 밀회의 씨앗에 솜털을 달지만 바람은 수면을 벗어나지 못한다 물결에 차인 씨앗은 또 습지의 어디쯤에 자리를 잡을 것이다

이 봄 연서가 도화 향기 가득한 지상에 착신되면 정말 좋겠다

신新 몽유도원도 7
—몽상기

칸트를 만난 건 행운이었어 그는 매일 쾨니히스베르크*
공원을 서성이고 있었지 세 시 반이 되자 어김없이 보리수
나무 길을 걷고 있더군 나는 순수 이성 비판보다 그가 먹은
점심 메뉴가 더 궁금해서 한참을 함께 걸었어 칸트와 헤어
져 오스트리아 빈을 지날 때였지 빈강을 따라 테아터 안 데
어 빈** 극장에서 베토벤 교향곡 5번이 물결처럼 흐르고 있
었어 운명처럼 그의 귀에서 음 소거가 이루어질 때 그와 커
피 한 잔을 마셨지 두 손을 꼭 쥐자 그의 잔에 파문이 일었
어 융프라우에서는 힘겹게 산을 넘는 야망으로 똘똘 뭉친
나폴레옹을 만났지 눈썹에도 얼음이 송골송골 맺혀 있더군
핫 팩 몇 개를 쓰윽 넣어주었지 그에게도 제발 불가능이 있
기를 간절히 기도하다 그만 잠이 들고 말았어

이 밤 몽상의 끝이 도원을 따라 굽이굽이 맴돌고 있어

* 쾨니히스베르크: 칸트의 고향인 독일의 옛 도시로 1946년 이후 러시
아의 칼리닌그라드가 됨.
** 테아터 안 데어 빈: 빈 3대 오페라극장 중의 하나로 1808년 베토벤의
교향곡 5번이 초연됨.

신新 몽유도원도 8
―송신기

오늘도 그날처럼 비가 내린다

물안개 사이를 함께 걷던 당신이 보고 싶다 나는 오늘도 몽롱하다 몽롱몽롱한 내 기억 속에서 당신은 이 시간 무얼 할까 휴대전화에서 당신 이름을 검색한다 늘 그 폴더에 있는 당신 통화 버튼을 누른다 통화음이 몇 차례 빗물처럼 쏟아졌다 오늘도 그날처럼 그녀의 목소리가 먼저 들린다 그녀 목소리는 다정하지만 이제 식상하다 한 말을 또 하고 또 하는 그녀에게 화를 내다 당신을 바꿔달라 애원한다 들은 척도 하지 않는 그녀 오늘 나는 더 몽롱몽롱하다 당신에게 미안했던 장면을 나는 몇 시간째 그녀에게 송신 중이다 내년에도 오늘처럼 비가 오면 정말 좋겠다

당신 기일인 이 밤 몽상의 통화음이 도원을 뱅글뱅글 맴돌고 있다

신新 몽유도원도 9
—단풍기

한 생이 저물고 있다

저무는 죽음에도 남방한계선이 있을까 한계선을 따라 이어지는 즐거운 조문 사찰마다 문상 행렬이 연등처럼 걸려 있다 화려한 장례가 한창인 지상에서 모든 죽음이 이리 아름다울까 노랗게 탈색된 생이거나 얼굴 붉게 상기된 저 미련의 몸부림 누구에게나 가슴 설레는 떨림일까

한 계절이 생과 생 사이를 지나고 있다 계절 끝에서 만나는 죽음은 황홀하다 나무의 황홀한 장례식이 끝날 즈음 저녁 뉴스에서 어느 가난한 일가족의 죽음이 담담한 아나운서 목소리로 들린다 죽음이 지닌 또 다른 이면을 따라 바람이 촉촉하다

가을볕 내소사 외진 마당에선 추벚꽃*을 피우는 생의 몸부림도 처절하다

* 추벚꽃: 가을에도 꽃을 피우는 내소사 벚꽃나무.

신新 몽유도원도 10
—비혼*기

손끝에서 늙은 가지 하나가 싹둑 잘려 나간다

전류처럼 흐르던 수액이 하늘로 뚝뚝 떨어진다 부도체가 되어버린 몸에 더 이상 흐를 것은 없다 오늘도 시급에 목말랐던 무딘 질감이 나를 감싸고 있다 분침이 시침처럼 느리게 걷는다 싹둑 잘린 마디에 짜릿한 전류가 흐르면 좋겠다는 발칙한 상상을 한다

사랑도 때로는 사치가 된다 눈빛 뒤에 감춘 사치는 뜨거운 애정의 별칭이다 사랑과 사치 사이 내 눈은 사시처럼 오늘도 곁눈질 중이다 싹둑 잘린 마디에 수평과 수직의 저녁 노을이 파르르 떨고 있다 서로를 닮아 서로를 밀어내는 자석처럼 나는 몽중에 도원의 한 지점을 서성이고 있다

손끝에서 싹둑 잘린 마디도 도화 향기 속에서 파르르 떨고 있다

* 비혼非婚: 결혼할 생각이 없거나 자발적으로 결혼을 선택하지 않음.

신新 몽유도원도 11
—명퇴기

새로운 생을 여는 한 사내 이야기입니다

마지막 퇴근 준비를 합니다 외길로 달려온 생이 마침표를 찍습니다 더러는 축하를 더러는 아쉬움을 더러는 부러운 시선을 보냅니다 두 손을 꼭 잡으며 멋진 미래를 꿈꾸라 합니다 폼 나게 살라 합니다 넓은 세상 마음껏 누리라 합니다 친구랑 세계 여행도 다니고 친구랑 좋아하는 산에도 다니고 이제 오롯이 자신을 위해 살라 합니다 살림 걱정 잊고 자식 걱정 잊고 모두 잊고 살라 합니다 빈 잔에 술을 가득 따라주며 자주 연락하라 합니다 자주 연락하겠다 합니다 거푸 몇 잔의 축하주를 받아 마십니다 도화 향 가득한 거리를 밤처럼 휘청거리며 떠돌다 돌아와 눕습니다

사내는 내일 아침 눈 뜨기가 두려워 이불 속에서 밤새 울었습니다

신新 몽유도원도 12
—화유*기

저 꽃의 고향은 수천 광년의 성단 어디쯤일 거야

꽃은 저마다 뒤춤에 별을 감추고 있지 바람이 복사꽃 가지를 툭 건드리면 생을 놓친 꽃잎은 도원을 떠돌다 총총총 하늘 끝자리에 박히기 시작하지 코스모스 꽃술에도 가을이 오면 무수한 우주가 반짝이기 시작하거든 꽃은 그렇게 숨겨놓은 별을 한 움큼씩 슬쩍슬쩍 하늘에 뿌리곤 하지

지상에 사는 게 다 꽃놀이라 생각한 적이 있어 무명의 별에서 내려와 놀고 별로 돌아가는, 다시 별에서 내려와 실컷 놀고 다시 별로 돌아가는, 천상병 시인의 소풍 같은 화유

꽃이 품은 생의 주기는 아마 별의 주기를 닮았을지도 몰라 거친 바람에도 하늘 한 자락 차지하는 별꽃처럼 지상의 영혼은 위로받는 한 지점의 별자리가 되고

꽃과 눈이 마주치는 순간 허공에서 미완의 꿈이 우수수 쏟아지고 있어

* 화유花遊: 꽃을 구경하며 즐김.

신新 몽유도원도 13
―병상기

무딘 생의 마디를 도려내는 일이야

　고단한 생이 뼈와 뼈 사이 촘촘히 박혀 있었지 갈기갈기
찢긴 슬관절 반달연골 속 지나온 이력이 선사 동굴벽화처럼
차곡차곡 새겨져 있었어 벽화 속에는 눈비 내리던 밤의 유
년과 열정으로 울분을 토하던 청춘, 부지런하게 움직이며
가족 생계를 이어온 성년의 시간이 분주하게 서성이곤 했지
마디가 삐거덕거릴 때마다 무딘 생도 휘청거렸어
　지금 의사는 내 중년의 이면을 판독 중이야 신이 내린 형
벌을 낯선 명명으로 규정짓던 의사는 노련한 손끝으로 내
무딘 생의 원인을 뿌리째 작업 중이지 잘려 나간 조각과 더
러는 꿰매 놓은 조각들이 이제 무릎의 새 축을 만들겠지 반
달이 병실 창문으로 스며드는 시간 나는 침대에 누워 배터
리처럼 몸을 충전 중이야

　충전이 완료되면 무딘 생도 도화 향기 속에서 화사하게
피어나겠지

신新 몽유도원도 14
—혹한기

생의 무게는 질량이 아니라 촉감이래요

아버지는 사는 것이 늘 차가운 바람 같다 했어요 송파 세 모녀 사건이 일어났을 때 아버지는 감기 몸살에 떨고 있었지요 가난의 무게는 빈 쌀독이 아니라 문틈으로 들어오는 싸늘한 냉기라고 했어요

구의역은 2교대 경비원으로 일하던 아버지 출근길이었지요 어느 날 이틀 만에 돌아오는 아버지 손에는 스크린 도어에 새긴 한 청년의 소식이 들려 있었어요 아버지는 봄 한철 컵라면으로 끼니를 때우던, 정규직에서 비껴간 촉감의 변주곡이라 했지요

누군가에겐 사계절이 아닌 한 계절만 있다 했어요 아버지의 사계절도 늘 혹한기 속에만 숨어있었지요 아버지는 오늘도 그 혹한의 끝을 찾아 헤매고 있어요

봄이 오면 혹한의 생도 살랑살랑 도화 향기 속에 아른거리겠지요

신新 몽유도원도 15
―송년기

잊는다는 것은 기억을 내면 깊이 차곡차곡 쌓는 일이야

제야의 울림이 몽유 속 도원을 향해 질주하는 새벽이면
정말 좋겠어

제4부

병윤네 무인 마트

서천사거리 모퉁이에는 가게가 있어
한 계절을 듬뿍 진열한 가게가 있지
문을 열거나 닫지 않는 가게가 있어
바람과 햇살이 먼저 들르는 가게가 있지
어느 날은 비와 눈발로 가게가 북적이기도 했어
원하는 계절을 구입하려면 직접 계산을 해야 해
잔돈은 거슬러주지 않으니 금액을 잘 맞춰야지
계산통 앞에는 동그란 거울이 하나 놓여 있더군
나를 쏙 빼닮은 주인이 계산대를 지키고 있어
거울 앞에서 잠시 미적거리는 나를 보았지
영하 15도가 넘는 날도 병윤네 무인 마트는 문을 열더군
그런 날은 계절 채소 대신 한 줄기 햇살과
싸늘한 냉기가 진열장을 가득 채웠어
이따금 소복이 쌓인 함박눈을 파는 날도 있었지
입춘이 지나고 우수 경칩이 오면
병윤네 무인 마트에도 봄이 찾아올 거야
빈 의자에 그림자를 벗어 걸쳐놓은 주인은
냉이를 캐거나 입맛 돋우는 씀바귀를 준비하겠지
오늘도 발끝이 가게 앞을 소소하게 서성이고 있어

눈

동안거를 끝낸 나무가 눈을 뜬다

단단한 껍질을 벗고 나온 어린 동공에 별이 반짝인다
눈으로 읽은 세상이 나이테의 한 획을 적는다
은행나무에 새겼을 마지막 태자의 베옷이거나
관음송 곁을 서성이던 노산군의 절규이거나
4월 폭설처럼 쏟아진 삼백 네 송이 벚꽃이거나
촛불 앞에 무릎 꿇은 비선의 실체이거나

나도 나무의 눈을 닮았으면 좋겠다
스물두 개 동공을 지닌 십일면관음보살이어도 좋겠다
내 눈이 볼 수 있는 세상의 각도는 150도
이면에는 210도의 삐딱하게 기운 그늘이 있다
그 그늘에 숨겨진 이야기를 망막에 새기고 싶다
수백 수천 나무의 눈처럼 그늘의 깊이를 읽고 싶다

나도 동안거를 끝낸 나무처럼 눈을 뜨고 싶다

스케일링

이십 년 이력을 지우는 중이다

지울 수 있다면 행복할까
한때 뜨거웠던 것일수록 더 빨리 지우고 싶다
망상이 지워지는 시간 고작 오 분
탐욕이 지워지는 시간 고작 오 분
울분이 지워지는 시간 고작 오 분
좌절이 지워지는 시간 고작 오 분
이력이 차가운 간호사의 손에 지워지고 있다
이십 년 전에도 오늘처럼 첫 이력을 지운 적이 있었다
고작 이십 분이면 족하다
이십 분이면 나는 다시 이십 년 전으로 돌아갈 것이다

그때처럼 청춘이 열정으로 몸부림치길 기도한다

민란

정류장을 서성이다 지폐 몇 장을 주웠지
어느 자선가의 보시일까
저만치 앞서 지폐 다발 뿌려대는 낡은 자의 이면
한 장씩 주워든 지폐에서 스티브 잡스가 웃고 있었지
십억, 십억, 또 십억
고가의 지폐에 적힌 전화번호가 낯설지 않더군
'휴대폰, 자동차 대출 대환영'
삼십억을 챙겨 안주머니에 넣었어
잡스의 맑은 웃음이 심장을 설레게 하는데
더러는 그 미소에 눌려 풀썩 주저앉기도 하지
휴대폰이 자동차, 아파트로 이름을 바꾸는 동안
누구는 번화한 도심 지하도로 거주지를 옮겼고
누구는 무료 급식소에서 매일 줄을 선다는 소문이 돌았지
주머니 속 휴대폰을 만지작거렸어
생을 다한 낡은 폰이 돈이 될 거라는 생각,
오늘은 발걸음이 유난히 가벼운데
집으로 향하는 길모퉁이 저만치 앞서
위폐가 도로를 점거한 채 민란을 이끌고 있더군
길옆에는 지하도로 향하는 불빛만 환한데

제비꽃

햇살이 그림자를 늘려 가는 유월
올해도 제비는 오지 않았다
집 나간 아들을 기다리던 백부는
텅 빈 마을을 지키고 있다
백부의 유년이 맴돌던 이 집에는
이따금 다른 새가 둥지를 틀고
거미가 주인처럼 터를 잡았다
중장비가 터를 나눠 새 번지를 매기자
제비는 주소를 잃어버렸다
백부는 처마 끝에 달린 제비 집을 부순다
잘게 부서져 내리는 제비 집
바람결에 잠시 하늘을 날기도 했다
마당에 떨어진 제비 집 잔해가
빗물처럼 땅속에 스며들었다
백부가 마지막으로 퇴거 용지를 작성하던 날
중장비 지나간 자리에 제비꽃이 환하게 피었다

상가에서

자식들 몰래 햇볕이 숨은 곳을 찾아들었다
삼십 년 산림 감시원으로 살다
감시를 받던 금강송 눈을 피해
곰취 고사리 가득 담긴 배낭을 베고
한숨 푹 잠들어 일어나지 않았다

묵호항 비린 시간이 붉게 물드는 저물녘
영안실에서 낯익은 얼굴이 웃고 있다
아들 친구라며 반기시는 게다
입관도 못 한 채 조문을 받는 아버지
웃는 얼굴이 발그레 핏빛이 돈다

겨드랑이 사이에 미온이 남은 것을 보면
사망 시간은 발견되기 전 한 시간 남짓이란다
들것으로 옮겨진 빈자리에는
체온이 땅속으로 완전히 스며들지도 못했다
체온을 빨아들인 땅은 다시 온기를 돌려주지 않았다

두 눈이 퉁퉁 부은 친구는
아버지 체온처럼 따뜻한 곰취며 고사리가 피어

두타산을 가득 덮을 거라는 말만 거푸 내뱉는다
살펴 가라는 듯 말없이 웃는 아버지
돌아서는 등 뒤로 들꽃이 바람에 반짝이고 있었다

폐가에서

느티나무 그늘을 찾아드는 외딴집에서
푸지게 낮잠을 즐기던 햇살이 빠져나간다
수묵의 농담으로 저녁이 오고
점점이 흐려지는 이농의 발자국이 한 점 점으로 채워진다
밭을 갈다 지친 농기구와 손잡이 부러진 삽을
며칠째 바라보는 마당 귀퉁이
머뭇거리며 맴돌던 바람이 지나가고
미온이 곰삭아 가는 장독대에선
민들레 홀씨가 계절의 틈을 찾고 있다
목을 축이러 나온 초승달이 우물에 내려앉으면
빈터엔 원래 주인들 그 흔적들만이
도란도란 얘기를 나누겠지
방구들 밑에 터 잡은 눈 어두운 두더지 부부는
한때 이곳이 화염 길이었음을 알까
메아리로 남은 소 울음
견고한 그물을 손질하는 홀아비 거미
볼에 가득 묵은 도토리를 주워 담는 다람쥐
초승달마저 돌아가면 모닥불을 피우려나
이생의 가지도 물관을 잃으면
민들레 홀씨 같은 가벼운 유랑을 꿈꾸리라

한 생을 누리고 떠난 자리는
새롭게 자리를 차지한 사람들에게 내어주고
회자膾炙는 화폭에 한 점으로 남겠지

툭

가을볕이 곁눈질을 하자 당신은 붉게 젖는다
바람이 주술의 언어로 당신 웃음을 흔든다
툭
허물 하나 영정처럼 강물로 떨어져 흘러간다
붉게 물든 새벽 강은 묵언 중이다

아침부터 언덕에 미사가 있었다
연도 소리가 후생을 청원하는 동안
성서 복음 한 구절은 강 언덕을 서성거린다
툭 툭
십자 성호를 따라 성수가 뿌려진다

인부 몇이 생의 저편으로 통하는 문을 만들고 있다
둘둘 말아놓은 옷가지가
툭 툭 툭
제단의 번제물로 태워진다
가벼워진 생이 연무처럼 허공을 향한다

당신 자꾸 움츠린다
대지의 문 안쪽으로 한 생이 먼저 눕는다

행여 흙이 묻을까 조심스레 뉘어지는 생
툭툭툭툭 툭
그 위로 허물이 우수수 쏟아진다

후생을 여는 입구가 원죄의 무게에 힘겹다

복개천을 걷다

단단하게 굳은 시간 위를 걷는다
어둠 속에서 슬쩍 휘돌아 가는 낮은 물소리는
한때 이곳이 개울이었다 말하고
검게 변한 물풀과 꼬리가 휘어버린 피라미
금방 지워지는 후미의 그림자를 살랑거린다
햇볕이 개울 그림자를 쓱쓱 지우고
물살을 휘젓는 어류의 비릿한 냄새가
기억 속을 헤엄치던 예전의 그 풍경

시간 밑에는 또 다른 시간이 흘렀을 것이다
오래전 정강이까지 차오른 개울을 건너
아버지 손에 끌려 장에 가던 늙은 짐승
몇 푼 되지 않는 지폐를 안주머니에 넣고
입술에 묻은 버들피리의 흔적을 따라 돌아온 아버지
아버지의 발끝에서 자갈자갈 울어대던 돌멩이 소리가
맨홀의 동전만 한 구멍을 통해 허공과 놀고 있다

언젠가 잠든 아버지 배에 귀를 대본 적이 있다
구두끈처럼 남아있는 수술 자국 속에서
곧 멈출 듯한 것들이 삐걱대며 소리를 내고 있었다

낡을수록 더 생생하게 들려오는 소리
빛을 잃어 시력마저 놓아버린 피라미처럼
한 척 두께를 사이에 두고 모진 목숨 이어가는
개울 건너던 아버지의 마음은 아닐는지

복개천 밑에서 어둠을 더듬고 있을 아버지
점점이 흐려지는 버들피리 그 후미의 소리를 듣고 싶다

거북바위

주름진 것은 곧은 것보다 부드럽다

지상에 흘린 하루가 촘촘한 주름을 만든다
작은 기척에 놀라 목을 뽑더니
이내 고개를 좌우로 흔들어댄다
비탈밭에 앉아 담배 연기로 시름을 털던 아버지
목을 빼고 읍내를 바라보던 모습도 저리 부드러울까
시선 끝에 머무는 나른한 생흔들

농익은 바람 하나 수면을 걷다 넘어지다

거친 숨소리 공명으로 모래 더미를 넘고 있다
엉거주춤한 걸음으로 흐릿한 길을 그리고 나면
햇살 즐기던 바람이거나 물결
흐릿해진 발자국 근처에서 서성이겠지
그런 날에도 아버지 손에 들린 날 무딘 호미 하나
비탈밭 두덩만 버겁게 휘젓고 있다

선명한 것은 흐려지고 흐릿한 것은 지워진다

파도 소리에 이끌린 느릿한 걸음걸이가
갈매기 날갯짓에 움츠리다 걷다 또 움츠린다
짓눌려 움츠린 몸통 하나 모래 결에 서늘한 열꽃으로 피다
바닥에 흘린 잔생을 모아 퇴적층을 쌓고 있다
비탈밭에 곧게 누워 해, 달, 별만 헤아릴 아버지
가래 섞인 기침 소리가 어둠 속 무언의 화석으로 굳고 있다

그새 아버지는 갯벌에 삐쭉 솟아난 거북바위를 닮아버렸다

만의사* 가는 길

작년 이맘때
무봉산 한 자락에서 주거를 시작했다
만의사로 향하는 길목이었을 선납재**
불공을 드리려 길게 늘어섰다던
절박한 꿈의 길목에선
소작농의 흥건한 체온도 사라졌다
고라니 몇 마리가
아파트 울타리까지 내려와 풀을 뜯는다
한 가족쯤일 게다
움찔 놀라던 동작도 제법 둔해졌다
제 영역을 빼앗긴 저 초식동물의 일상에
내 일상이 새 터전을 잡은 것이리라
싹둑 잘려 나간 선납고개 끝자락
저수지가 해거름에 맞춰 휘청거린다
택지 개발 전 논밭 생명 줄을 움켜쥐었던 샘의 뿌리
둑방길을 따라 동탄선납숲공원이 생겼다
무심히 줄지어 수면을 걷는 오리 떼
불심을 향한 마음이 저리 깊었을까
풀무골로 1번길 따라 만의사 가는 길
승병의 풀무질 소리는 들리지 않는데

가을볕에 풀무치 소리가

무봉산 깊은 골짜기에서 수군거린다

* 만의사: 경기도 화성시 동탄면 중리 무봉산에 있는 절.

** 선납재: 영천동에서 만의사 가는 길목에 있던 고개로 불공을 드리기
   위하여 사람들이 줄을 서서 기다리는 고개라 하여 붙여진 이름.

어느 변호사의 일기

시월의 마지막 날이죠 날씨 맑음
오늘만 되면 라디오 주파수마다 무한 반복되는
쓸쓸하게 그 노래를 들어요
인연은 묶기보다 끊기가 더 어렵다는데
오늘도 두 개의 인연을 끊었어요
억지로 연결된 끈은 불안불안하니까요
너무 고마워서 오히려 미안해요
요즘은 많이 바빠졌어요
미워하면서 같이 밥 먹고
미워하면서 같이 한 침대에 눕고
미워하면서 같이 자식 앞에서 웃는 사람들
이제 별로 없어요
내일은 상담이 세 개나 잡혔네요
너무 즐겁지만 상담할 땐 절대 웃지 않아요
배려하는 마음이죠
그런데 걱정이 생겼어요
이렇게 끊기만 하면 일이 점점 줄어들 텐데
어쩌죠
내년에는 명함을 바꿔야겠어요
재혼 전문 변호사

내년에도 많이 바빠지겠죠
그들이 정말 고마워할까요

조문을 하다

익숙한 발신 번호가 폭설을 헤집고 나와
낯익은 이름으로 부고를 전한다
사인은 뇌출혈이란다
옷장 속에는 특별한 날을 위한 검은 일상이 있다
애도의 표정을 짓는 검은 넥타이를 매고
저녁노을이 비껴간 계단을 오른다
지하 주차장에서 영안실까지 늘어선 사물들이
자주 눈을 맞추던 지인처럼 낯설지 않은 것은
내 일상 역시 마흔을 넘어섰기 때문이리라
3층 연화실 앞, 두 생을 잇는 복도에는
망자의 이력 몇 개가 상주처럼 조문을 받고 있다
개중에는 다른 이의 이력으로 몇 날 몇 시간을 살았을
힘없는 꽃송이도 더러 섞여 있을 게다
국화실의 수많은 이력에 한 마디씩 흉을 내뱉던 이들도
연화실 앞 단출한 풍경에는 혀를 찬다
생의 먼지를 털듯 피어오르는 향연
그림자 몇이 피어오르는 영혼의 어깨를 흉내 내면
조문객을 맞은 영정은 무표정하게 답례를 한다
물끄러미 영정을 바라본다
가끔은 밝게 웃는 모습이면 좋겠다는 생각이
입에서만 맴을 돈다

몽유도원夢遊桃源, 그 이상향을 꿈꾸는 시 세계

김윤배(시인)

　시의 낯섦은 반역에서 온다. 현대시는 양극 사이를 왕복하게 되는데 한쪽 극은 마법적 가치에 대한 긍정이며 다른 한쪽 극은 혁명적 투신에 대한 소망이다. 이러한 양극의 운동은 시인 자신의 조건에 대한 시인의 반역이다. 역사의 압박에서 자유로워지는 길은 의식과 역사를 오랫동안 설명해 온 말을 교란하는 길밖에 없다. 역사적 실존이 의식을 결정하는 것이 아니라 의식이 역사적 실존을 결정한다는 것이다.

　시에 있어서 혁명적 시도는 소외된 의식의 회복으로 나타나며 동시에 역사적 세계에 대한 진정한 의식을 갖는 것이 시의 혁명으로 가는 길이다. 그 길이 반역의 길이며 매일 새로워지는 길이고 인습적이며 화석화된 언어를 파괴하는 일이다.

따지고 보면 창조적 의지가 개입되지 않은 시편은 없다. 그러므로 시작을 언어의 역동적 기능에만 맡길 수 없는 것이다. 모든 말은 비밀스러운 발화점을 건드리기만 하면 폭발할 준비를 하는 은유의 도화선을 숨기고 있다. 말이 갖는 창조적 힘은 그것에 불을 붙이는 시인에게 있다. 시의 혁명은 도모하지 않으면 우연으로 오지 않는 것이다. 창조 행위는 영혼의 활동이며 정신의 총체적 행위다. 시는 이처럼 정신작용의 총체적인 방법으로 표현되는 언어예술이다. 그것이 시의 혁명이고 반역이며 낯섦이다.

반역의 시편을 불러오기 위해서는 말들이 지탱하고 있는 일상의 뿌리들을 흔들어 일상적 언어의 획일성과 결별하는 것이다. 결별의 언어는 갓 태어난 언어처럼 생생하고 매혹적인 언어다. 일상 언어와의 결별은 말을 원초적인 상태로 되돌리는 일이다. 시인이 자신의 추방을 포기한다면 시도 포기하는 것이다. 추방은 대중과의 소통이며 독자와의 융합이다. 시인이 자신을 추방하면 이데올로기나 관념이나 여론이나 의식으로부터 자유스러워지고 시는 존재의 심층에 자리하게 된다. 사물의 본질과 닿게 되는 것이다. 사물의 본질에 닿아있는 시가 낯섦을 실현한 시이고 혁명을 이룬 시이고 반역의 시편이다.

안영선은 반역을 꿈꾸는 시인이며 낯섦의 지점을 찾아 방황하는 시인이다. 언어의 획일성을 거부하는 시인이고 자신을 추방하는 시인이다. 그의 시편들은 사물의 본질을 꿰

뚫어 보려는 고통스러운 의지로 차있다. 그의 날카로운 눈빛이 머무는 곳이 죽음이거나 생명이거나 혹은 삶의 현장이거나 사랑이거나 깨달음까지 고통을 수반하지 않은 사유는 없다. 길들여진 것으로부터의, 혹은 인습으로부터의 말의 반역이 어찌 고통스럽지 않을 수 있겠는가.

1. 현실 너머의 이상향 신新 몽유도원

안영선의 이번 시집의 백미는 「신新 몽유도원도」 연작이다. 매 시편의 마지막 연이 그가 꿈꾸는 몽유도원이다. 한행 한 연으로 되어 있는 「신新 몽유도원도」의 마지막 문장은 고통스러운 꿈과 이상향을 지향하는 몽유의 착란으로 울림의 끝을 향해서 내닫는다. 그러므로 15편으로 이루어진 연작의 시편마다 현실 건너 그가 가닿고자 한 이상향인 도원의 이미지가 빛난다.

몽유도원도는 1447년 안평대군이 꿈에 도원에서 보았던 광경을 안견에게 그리게 한 작품으로 일본의 덴리 대학 중앙도서관에 보관되어 있다. 그림은 왼편 하단부에서 오른편 상단부로 전개되고 있으며 왼편의 현실 세계와 오른편의 도원 세계가 대조를 이루고 있다.

안영선이 「신新 몽유도원도」 연작을 쓰게 된 것은 그림 왼쪽 하단의 완만한 산으로 표현된 현실 세계와 오른쪽 상단으로 이어지는 우람한 산세에 둘러싸인 도원의 이상향을 보앉기 때문일 것이다. 「신新 몽유도원도」 연작은 혁명적 소망과 마법적 가치를 동시에 지향하고 있는 것이다. 아니다. 혁명적 소망과 마법적 가치의 회통이라고 말하는 것이 적확한 표현일 것이다.

나는 지난 몇 년을 정말 열심히 살았어

그사이 내 이름이 사라졌지 그사이 꿈도 사라졌어 그사이 인턴이라는 모호한 이름과 정규직이라는 아득한 꿈이 생겼지 내 아득한 꿈은 그들이 움켜쥔 예리한 창끝이야 창끝에 나는 언제나 안절부절못하거든 뾰족한 끝은 때때로 나를 유린하기도 하고 그들이 잠시 비워 놓은 텅 빈 어둠을 밤새 지키게도 하지

몰랐어 정말 몰랐어 애완견은 충견일 뿐이라는 것을, 그들은 늘 나를 안아주고 늘 나를 감싸주지만 내 표피에 닿는 그들의 체온은 언제나 시리도록 싸늘했지 아마도 나와는 세포 구조가 다른 종족인가 봐 그들에게 나는 아직도 미생이었지 오늘도 졸음에 겨워 눈을 비비다 텅 빈 사무실 책상에 엎어져 모호한 이름으로 잠이 들었어

내일 아침, 그들이 도화 향기 그윽한 내 진짜 이름을 불러줬으면 좋겠어

—「신新 몽유도원도 4」 전문

'나'는 지난 몇 년을 열심히 살아온 인턴사원이다. 그사이 이름도 사라지고 꿈도 사라졌지만, 인턴이라는 이름으로 정규직에 대한 아득한 꿈이 생긴 것이다. 아득하다는 표현은 그 꿈이 희망 고문이라는 의미일 것이다. "내 아득한 꿈은 그들이 움켜쥔 예리한 창끝이야 창끝에 나는 언제나 안절부절못하거든 뾰족한 끝은 때때로 나를 유린하기도" 한다고 노래함으로써 저당 잡힌 꿈에 대한 비정함을 일깨운다. 조직에 길들여지는 것을 애완견 혹은 충견으로 은유화하고, 그들은 나와는 세포가 다른 종족은 아닐까 하는 의구심을 드러낸다. 아직도 미생인 화자는 모호한 이름으로 잠이 든다. 잠들기 전에 "내일 아침, 그들이 도화 향기 그윽한 내 진짜 이름을 불러줬으면 좋겠"다는 꿈을 드러낸다. 꿈은 과연 이루어질 것인가. 이루어지지 않을 것이다. 이루어지지 않아서 꿈인 것이다. 그의 희망 고문은 언제까지 그를 창끝에 서게 할 것인지 아무도 모른다. 어찌 생각하면 인턴사원 자리를 갖게 된 것만으로도 행운일 수 있다. 수많은 젊은이들은 이력서조차 접수되지 않는 냉엄한 현실을 건너고 있다. 인턴사원에게 정규직이 가느다란 희망의 빛이라면 인턴사원의 자리에 앉아보지 못한 대부분의 젊은이들에게는 오늘의 현실은 헬조선이며 막막한 어둠의 날들이다.

감춰놓은 여백을 읽는다 활자는 낯익을수록 여느 자장가보다 친숙하다 감춰놓은 여백 사이 진분홍 향기가 흘러내린다 흘러내린 향기는 도원 어디쯤에서 오는 것일까 연과

연 사이 여백이 만든 계곡을 따라 의식과 무의식 중간쯤 그 몽롱함이 두렵다 나는 그만 분홍빛 향기에 길을 잃고 만다 골짜기마다 도화 향기 가득한데 바람에 날릴 꽃이 없다 봄볕 가득한데 가슴 채워줄 온기가 없다 혹독한 허상에 쫓기고 쫓기고 또 쫓기고, 혹은 촛불이 꺼질지도 모른다는 두려움, 이따금 벼랑 끝에서 떠밀려 추락하는 데자뷔, 춘몽은 현생보다 더 독한 계절이다

시와 시 사이 여백을 따라 신新 몽유도원도를 그린다
—「신新 몽유도원도 1」 부분

안영선이 꿈꾸는 시의 세계 또한 몽유도원에서 멀지 않다. 감춰놓은 여백은 그의 서정적 공간이다. 그 서정의 공간으로 진분홍 향기가 흘러내리는 것이다. 봄이어서 세상은 봄꽃 천지일 것이고 분홍도 진분홍이어야 할 것이다. 그의 서정이 정점을 향해 치닫는다는 증거다. 연과 연 사이의 여백이 서정의 공간이며 "의식과 무의식 중간쯤 그 몽롱함이 두렵다 나는 그만 분홍빛 향기에 길을 잃고" 마는 공간이 시 속의 공간이다.

반전은 그 후다. 도화 향기 가득한 곳에 바람에 날릴 꽃한 송이가 없는 것이다. 꽃이 없는데 향기가 있었다면 그 향기는 환상통 같은 허구다. 봄볕 가득한데 가슴 채워줄 온기가 없다면 봄볕이 무슨 의미가 있다는 말인가. 온기가 없다는 말은 사랑이 없다는 말이다. 사랑이 없다면 세상은 추울

수밖에 없다. 혹독한 허상에 쫓기는 이유도 사랑의 부재 때문일 것이다. 혹독한 허상은 허무 의식의 다른 표현으로 읽힌다. 벼랑 끝으로 추락하는 데자뷔는 시인이 가끔 겪는 악몽이며 시의 모티프일 것이다.

그러므로 "춘몽은 현생보다 더 독한 계절"이라고 노래할 수 있는 것이며 "시와 시 사이 여백을 따라 신新 몽유도원도를 그"릴 수 있는 것이다. 그는 봄꿈을 통해 가혹한 현실을 넘어 시의 새로운 몽유도원도를 그리기 시작한 것이다. 촛불이 꺼질지도 모른다는 두려움을 넘어서는 것이다. 촛불은 구원이며 시의 원형질이다. 촛불을 보고 '외로운 불꽃이여, 나는 홀로 있다'고 바슐라르는 외친다. 이 외침은 슬픔이기도 하며 체념이기도 하고 공감이기도 하며 절망이기도 할 것이다. 불가능한 전달에의 이 부름의 상태가 촛불의 이미지인 것이다.

수면 위 버드나무 가지는 묵묵히 주영이네 막걸리 가게 좌표를 지키고 있다 가게 옆 평상이 소란스럽던 시절 보상비를 받은 이들은 하나둘 평상을 떠났다 지상에 뿌리를 내려 지상을 버리지 못하는 것들, 미처 떠나지 못한 것들은 수생의 삶을 살고 있다 맑은 봄 햇살이 지상의 생을 놓친 것들과 밀회 중이다 버들잎은 수십 년째 수면에 연서를 적고 있다 오늘도 밀회의 씨앗에 솜털을 달지만 바람은 수면을 벗어나지 못한다 물결에 차인 씨앗은 또 습지의 어디쯤에 자리를 잡을 것이다

이 봄 연서가 도화 향기 가득한 지상에 착신되면 정말
좋겠다

—「신新 몽유도원도 6」 부분

이 작품은 수몰 지구의 이주민이 겪는 상실과 슬픔을 보
여 준다. 안영선은 이처럼 삶이 파탄 나는 현장에 안타까운
시선을 보낸다. 연민이 없다면 시인이 아니다. 그는 시인의
덕목을 잘 갖춘 시인임이 틀림없다. 연민은 사랑의 다른 이
름이다. 사랑이 세상을 바꾸는 것이다.

수면에 떠있는 버드나무는 주영이네 막걸리 가게의 위치
를 정확하게 알려 주고 있다. 가게 옆 평상에는 늘 마을 사
람들 몇이 둘러앉아 마을 앞을 흐르는 개울물 소리를 들으
며 막걸리 잔을 기울였을 것이다. 막걸리 잔에 뒷산 그림자
가 들어와 앉아도 좀처럼 평상을 뜨려 하지 않았을 이웃들
은 보상비를 받고 하나둘 마을을 떴을 것이다.

그러나 지상에 너무 깊이 뿌리 내려 마을을 떠나지 못한
사람들은 수몰된 물속 마을을 지키느라 고향을 떠나지 못하
고 있는 것이다. 집도 마을 길도 농토도 모두 물속에 잠겨
있는 고향은 이미 고향이 아니지만 댐이거나 호수거나 그
물 위에서 생계를 유지하며 살아가는 사람들이 있는 것이
다. "맑은 봄 햇살이 지상의 생을 놓친 것들과 밀회 중"이고
"버들잎은 수십 년째 수면에 연서를 적고 있다"고 노래하지
만, 그 노래는 비가일 수밖에 없는 것이다. 더 기막힌 것은
물결에 차인 밀회의 씨앗이 또 습지의 어디쯤에 자리를 잡

을 것이라는 비극적 전망이다.

　수몰된 고향을 떠나지 못하고 있는 사람들의 영혼이, 혹은 후손들이 고향을 떠난다고 하더라도 가슴속 깊은 곳에 자리한 고향을 어찌 잊을 것인가. 그러므로 "이 봄 연서가 도화 향기 가득한 지상에 착신되면 정말 좋겠다"는 마지막 연의 노래에 목이 멘다.

2. 생명의 아름다운 정경

　생명의 아름다움에 대한 예찬은 안영선 시 세계의 또 다른 축이다. 그의 생명에 대한 고뇌와 초극 의지는 생의 철학이 오래도록 추구하고 있는 생명에 대한 태도로 나타난다. 생명에 대한 천착은 시인 자신의 허무를 초월하는 길이기도 하지만 생의 근원적 문제를 깊이 있게 들여다보는 문학적 태도와 관계있다. 생명은 거대하지 않다. 생명은 언제나 작고 위태롭다. 니체가 '아름답게 있는 것보다 거대하게 있는 것이 더 쉬운 법'이라고 한 말을 기억한다.

　안영선은 거대하게 있기보다는 아름답게 있기를 원했다. 그것이 그의 생명시다.

　　달은 수음 중이다

　　달빛 속에서 바다가 출렁거린다 달이 바다의 물기를 빨

아들이자 축축하게 감춰둔 갯벌이 열린다 여자 몇 질퍽한 갯벌 위로 다리 하나를 내놓고 휘젓는다 투명한 무게에 눌려 잠잠하던 생이 꿈틀거린다 널배 위 출산의 기억을 잃은 덩치 큰 자궁이 하나씩 놓여 있다 여자의 낡은 자궁이 지나간 자리마다 질퍽한 새 항로가 새겨졌다 자궁을 깨끗이 비워낸 여자의 손 몇이 꿈틀거리는 생식기처럼 갯벌을 더듬는다 한 여자의 섬세한 촉수에 출렁이는 갯벌이 황홀경에 젖는다 갯벌은 생의 비애를 맛보는 것과 깊이 숨어드는 것들로 분주하다 젊은 날 여자는 몸에서 어린 영혼을 분리해 낸 적이 있었다 하나를 덜어내면 다른 하나가 생길 거라는 기대는 무너졌다 여자의 갯벌은 더 이상 축축하지 않았다 여자는 바닷속 갯벌의 빈 자궁을 상상한다 무심코 지나온 길은 다시 돌아가야 할 미궁의 길 회귀의 항로가 혼미하다

　　수분을 토해 낸 달은 바다에 빠져 갯벌과 한창 교미 중이다

ㅡ「갯벌」 전문

"달은 수음 중이다"라고 시작되는 첫 문장은 도발적이다. 달은 여성성으로의 상징체계를 이룬다. 그러나 초승달에서 만월을 거쳐 그믐달로 이행되는 과정은 '죽음 있는 영생하는 삶'의 상징으로 알려져 있다. 달의 변화 주기와 여성의 생리 주기가 상관성이 있어 생명력에로의 상징성이 더 크다.

그 달이 수음 중이라는 것이다. 달은 욕망을 견딜 수 없어 욕망을 자위로 해결하고 있는 것이 아니다. 이 도발적인 문장은 좀 더 근원적인 질문인 생명의 잉태를 희원하는 달의 몸부림으로 읽힌다. 그 몸부림으로 밀물과 썰물이 생기는 것이다. 밀물과 썰물이 수많은 생명을 잉태케 하고 지구라는 초록 별을 풍요롭게 하는 것이다.

그 이후의 문장은 에로티시즘이다. 썰물로 드러난 갯벌은 남성의 상징이다. 여자 몇이 질퍽한 갯벌 위로 다리 하나를 내놓고 휘젓는 모습은 성애로 가는 뜨거운 순간의 모습이다. 조개를 캐거나 낙지를 잡는 어촌 아낙들의 모습에서 시인은 생명의 역동성을 느끼고 있는 것이다. 아낙들은 질퍽이는 갯벌을 밀고 갈 널배 위에 출산의 기억을 잃은 덩치 큰 자궁을 올려놓고 작업을 하고 있다. 이쯤에서 "투명한 무게에 눌려 잠잠하던 생이 꿈틀거"리는 것이다. 생을 억누르던 투명한 무게는 예컨대 그녀들의 일생이기도 할 것이고 환하게 들여다보이는 욕망이기도 할 것이고 가족사이기도 할 것이고 공동체인 어촌 마을의 인간 관계망이기도 할 것이다. 그런 것들이 가벼워지며 삶의 의욕이 충만해지는 순간이 갯벌을 뒤지는 노역의 시간일 것이다. 출산의 기억을 잃은 자궁은 쓸쓸해야만 할 것이지만 여기서는 조금도 쓸쓸하지 않다. 왜냐하면, 낡은 자궁이 지나간 자리마다 질퍽한 새 항로가 새겨지기 때문이다. 그 항로로 자식들이 항해해 어딘가로 갔을 것이고 어딘가에 정박해 달콤한 꿈을 꾸고 있을 것이다. 아낙들은 새 항로를 내기 위해 꿈틀거리는 생식기처럼 부지런히 갯벌을 더듬는다. 작업 시간은 길지 않아서 밀물이 시작되기 전에 채취를 끝내야 하는 아낙들은 뜨거워진 몸으로 갯벌을 더듬는 것이다. "한 여자의 섬세한 촉수에 출렁이는 갯벌이 황홀경에 젖는다"는 문장은 모든 아낙의 섬세한 손가락에 갯벌 전체가 황홀경에 든다는 말이다. 갯벌은 그렇게 수백 년을 혹은 수천 년을 아낙들의 섬세한 손으로 황홀했을 것이다. 이 시가 에로티시즘으로 읽히면서도 생명력을 담보하는 것은 아낙들의 건강한 노동 행위에 있다.

"갯벌은 생의 비애를 맛보는 것과 깊이 숨어드는 것들로 분주하다"고 한 은유의 문장은 이 시에서 도드라진 표현이다. 갯벌은 이미 남성성이라 했으니 남성성이 맛보았을 비애라면 그 비애의 깊기와 넓이는 가히 짐작할 수 있겠다. 생의 비애는 역사적이거나 개인사적이거나 사회사적이거나 밀려왔다 밀려가는 파도와 같았을 것이어서 숨죽여 엎드려있었을 갯벌이다. 그렇게 생명력을 유지해 왔던 것이다. 숨어드는 것들은 갯벌에서 생육하는 모든 것들이겠다.

낡은 자궁을 지닌 여자에게는 아픈 서사가 있다. 젊은 날의 낙태다. 한 생명을 버리면 다른 생명이 찾아올 거라고 믿었었다. 그 믿음은 무너져 그 후는 수태되지 않았으니 여자의 갯벌이 더는 축축하지 않았다. 여자가 상상하는 바닷속 갯벌의 빈 자궁은 그녀의 또 다른 분열된 자아다. 그러므로 "무심코 지나온 길은 다시 돌아가야 할 미궁의 길 회귀의 항로가 혼미"할 수밖에 없을 것이다. 그것이 여자의 서럽도록

아름다운 서사라면 이제 달은 바다에 빠져 갯벌과 한창 성
애를 나누고 있는 중이다.

옛날부터 이 호수 속에는 가난한 새 한 마리 살고 있어

사치스러운 날개를 몸통에 바싹 붙인,

발을 지느러미처럼 휘저을 줄 아는,

날렵한 유선 몸매를 가진 새 한 마리 살지

어류의 후미가 입속으로 사라질 때까지

오늘도 새는 살기 위해 날개를 접었어

내 어릴 적 아버지도 날마다 날개를 접어야 했지

접은 날개를 러닝셔츠 속에 꼭꼭 감추곤 했어

아버지는 집에 돌아와 젖은 날개를 꺼내 말렸지

날개는 언제나 지독한 사치였어

가마우지처럼 날개를 접어야 사는 아버지에게는

　　　　　　　　　　　　　—「가마우지」 부분 ①

몸을 꼭 껴안은 물속에서 차오르는 회한

호흡 가쁜 부레처럼 살을 비비면 떠오르는

흔한 생들이 수면 위로 툭툭 솟아오른다

혈액을 수혈받은 몸에서는 연록의 새살이

튼실한 뿌리를 뻗으며 힘겨운 호흡을 시작한다

굵은 줄기에 나이테를 키우던 나무 하나

거울 속으로 뿌옇게 사라져가는 나를 바라보며

오늘도 거실을 향해 조심스레 가지를 뻗는다

　　　　　　　　　　　　　—「수혈을 받다」 부분 ②

「가마우지」와 「수혈을 받다」 또한 생명을 노래한 시다. ①은 「가마우지」의 후반부이다. 우리나라 가마우지는 민물가마우지, 바다가마우지, 쇠가마우지 등이 경기도와 경상남도 그리고 제주도에 서식한다. 가마우지는 목의 길이가 길어 잡은 물고기를 삼키지 못하도록 목 아랫부분을 묶어놓고 물고기를 잡게 한다. 중국이나 일본에서 주로 가마우지 물고기 잡기를 하고 있는 것으로 알려져 있다.

옛날부터 호수에 살고 있는 가난한 가마우지는 아버지의 은유다. 날아서는 안 되는, 길들여진 가마우지에게 날개는 사치스러운 것이었고 그 날개를 몸통에 바싹 붙이고 잠수를 해서 물고기를 잡아야 했던 것이다. 날렵한 유선형 몸매를 한 가마우지는 세상 속을 이리저리 잽싸게 돌아다녀야 먹이를 얻는 아버지다. 아버지는 화자가 어릴 적에 날개를 접었다. 접은 날개를 러닝셔츠 속에 감추고 물고기를 잡으려 다녔던 것이다. 집으로 돌아온 아버지는 젖은 날개를 꺼내 말렸다. 가마우지처럼 날개를 접어야 하는 아버지에게는 "날개는 언제나 지독한 사치"였다. 날개를 접은 채 물고기를 잡아야 했던 아버지의 생명력은 오롯이 식솔들의 사랑스러운 눈빛에서 왔을 것이다.

②는 「수혈을 받다」의 후반부다. 화자는 수혈을 받고 있는 중이다. 수혈 중의 몸은 물에 꼭 껴안겨 있는 느낌일 것이고 여러 가지 회한이 떠오를 것이다. 물속에 잠겨있으므로 호흡 가쁜 부레처럼 살을 비비면 일상적인 생의 모습들이 수면 위로 툭툭 솟아오를 것이다. 다른 사람의 혈액이

흘러 들어가고 "혈액을 수혈받은 몸에서는 연록의 새살이/ 튼실한 뿌리를 뻗으며 힘겨운 호흡을 시작"할 것이다. 다음 행에서 불러오는 굵은 줄기와 나이테라는 이미지는 앞 행의 "튼실한 뿌리"로부터 자연스럽게 소환되는 것이어서 수혈로 생을 회복한 자신의 모습이다. 그렇게 자란 나무가 "거울 속으로 뿌옇게 사라져가는 나를 바라보며" 조심스레 가지를 뻗는 풍경은 생명의 외경을 느끼게 한다. 굵은 줄기에 나이테를 키우는 나무와 거울 속으로 뿌옇게 사라져가는 나는 동격으로 읽힌다. 나의 다른 모습이 나무일 것이다.

3. 소멸하는 것들에 대한 안타까움

안영선은 소멸하는 것들에 안타까운 눈빛을 보낸다. 소멸하는 것들이 구름이거나 대기거나 풀이거나 나무거나 성곽이거나 탑이거나 심지어 사람이라 하더라도 이것들은 모두 잠시 있다가 이내 사라지고 마는 사물들이다. 소멸의 이 필연적 경로를 그는 연민의 눈으로 바라보고 있는 것이다. 소멸의 뒤에는 풍화작용이라는 시간의 가혹한 형벌이 있다는 걸 그는 알고 있는 것이다. 그러나 모든 소멸은 숭고하다는 그의 미학적 인식은 시의 깊이를 더한다.

바람이 모이는 곳은 떠나는 자들로 분주하다
비껴간 바람의 이면을 찾는다

타블로이드판 벼룩시장 한 부를 펼친다

그 지상의 소식 위에 새로운 영역을 만든다

영역 주변으로 뾰족한 냉기가 기웃거린다

이따금 냉기의 침입을 막는 종이 상자 두께가 고맙다

그가 소주병을 기울일 때마다 맑고 푸른 생의 흔적이 흘러나온다

푸른 생은 종이컵을 가득 채우고 넘친다

얼룩으로 번진 생이 각진 영역을 모나지 않게 넓힌다

취기가 얼룩을 따라 비틀거린다

그는 지난 생을 밤새 짭짤한 새우깡 안주와 버무린다

소주 몇 컵이 그를 뜨겁게 흔들어댄다

아파트 매매 광고 위에서 그는 붉게 달궈진다

중고차 연락처 적힌 벼룩시장 위에서 그는 잠든다

지하도 형광등에 얼룩이 휘청거린다

소란스러운 아침이 잠든 어깨를 두드린다

날 선 바람에 베었는지 그는 말이 없다

낯선 눈들이 수군거리며 지나간다

구급대원 둘이 분주하게 그를 새로운 영역으로 옮긴다

밤새 만든 얼룩은 둘둘 말려 버려진다

술잔을 나누었던 어깨가 기둥 뒤에서 파르르 떨고 있다

미온이 남은 바닥에 낡은 돗자리 하나 새로 깔린다

한동안 바닥은 차가운 기억을 잊을 것이다

그는 그렇게 세상에서 자신의 영역을 지워버렸다

—「얼룩」전문

116

「얼룩」에서 도드라져 보이는 아름다운 문장은 "바람이 모이는 곳은 떠나는 자들로 분주하다/ 비껴간 바람의 이면을 찾는다"일 것이다. 바람이 모이는 곳, 그곳은 사람들이 모이는 곳이며 모였던 사람들은 떠나야 하는 사람들이다. 바람과 사람은 동의어다. 그러나 바람이 모이는 곳을 비껴간 바람이 있다. 비껴간 바람의 이면을 찾으면 왜 비껴갔는지를 알 수 있을 것이다. 시는 여기서부터 시작이다.

'그'는 지하도에 머물고 있는 노숙자다. 그는 타블로이드판 "벼룩시장"을 펼쳐 밥을 먹을 수 있는 광고를 훑는다. 그런 공간은 없다. 지상의 소식 위로 그의 새로운 영역을 타블로이드판 "벼룩시장"은 만들어준다. 그것으로 냉기가 사라지지 않는다. 뾰족한 냉기다. 깔고 있는 종이 상자의 두께가 냉기를 막아준다. 노숙자들에게 겨울은 견디기 힘든 계절이다.

그가 소주병을 기울인다. 그때마다 "맑고 푸른 생의 흔적이 흘러나온다/ 푸른 생은 종이컵을 가득 채우고 넘친다" 넘친 소주가 얼룩을 만든다. 얼룩은 소주를 마실 때마다 넓어진다. 그의 노숙이 길어진다는 뜻이다. 밤새 마시는 소주는 그를 뜨겁게 흔들어대고 "벼룩시장" 아파트 매매 광고 위에서 달궈진 후 중고차 연락처가 적힌 "벼룩시장" 위에서 잠이든다. 노숙의 하루는 그렇게 저무는 것이다.

아침이 되었는데도 그는 일어날 줄 모른다. 소란스럽게 지나가는 낯선 사람들의 수군거리는 소리도 듣지 못한다. 그는 동사한 것이다. 구급대원들이 그를 영안실로 옮기고 그가 밤새 종이 상자 위에 만든 얼룩은 둘둘 말려 치워진다. "술잔을 나누었던 어깨가 기둥 뒤에서 파르르 떨고 있다/ 미온이 남은 바닥에 낡은 돗자리 하나 새로 깔"릴 때 그는 자신의 주검을 기둥 뒤에서 보고 있다. 그의 어깨가 파르르 떨고 있는 것은 그의 생이 덧없기 때문이다. 그가 누워있던 자리의 따스함이 미처 사라지기도 전에 누군가 돗자리를 깐다. 돗자리가 새로 불어온 바람의 장지가 될 수도 있을 것이다. "그는 그렇게 세상에서 자신의 영역을 지워버렸다"고 한 삶의 흔적을 지우는 일은 얼룩 하나를 지우는 일보다 쉬운 것이다. 소멸의 장엄함은 어디에도 보이지 않는다. 죽음이 얼마나 사소하고 가벼운지를 생각하게 하는 시편이다. 죽음이 사소하고 가볍다면 삶 또한 그럴 것이다.

빌딩의 이면은 늪지처럼 축축하다 이 늪지를 기억하는 것은 초점을 놓친 눈알, 날 무뎌진 발톱, 이면을 기웃거리다 멎은 심장, 겁에 질려 찔끔찔끔 흘린 배설물, 새로운 종이 등장했을 때 허세 좋게 건들대기도 하고 더러 으르렁대기도 하고 더러 숨을 곳을 찾기도 하고,

가지마다 주렁주렁 늘어지는 열대기후 울창한 원시림, 늘어진 햇볕 속에 열대 언어가 우수수 쏟아진다 무색의 언어가 만드는 투명한 경계, 그 너머로 진화한 사피엔스종이 즐비하다 갑과 을이 존재하는 도시 먹이사슬 속에서 느끼는 서늘한 기운,

순간, 배설을 놓친 몸들이 싸늘하게 식어가고 있다

—「도시의 법칙 1」전문 ①

삼십 년 전 서울 변두리에 중고 솜틀 기계를 장만했지

씨앗을 도난당한 목화송이는

녹슨 기계 속에서 갈기갈기 찢기곤 했어

가게 앞 평상엔 불치 환자처럼 솜뭉치가 쌓였지

불치의 기억은 원통에 둘둘 말려 가벼워졌어

가벼워진 생은 그의 처방을 떠나 재생을 기다렸지

낡은 기계가 휘청거리면 부품을 바꿔야지

덜컹대는 톱니바퀴에 기름칠이 더해지면

그의 마디마디에도 말랑말랑하게 연골이 채워졌어

녹슨 모터 늘어진 고무벨트가 교체될 때

조임 나사가 뼈를 지탱하는 철심의 버팀목이 되었지

솜틀 기계는 낡아가고 그는 더욱 생생해졌어

512호

병실

터줏대감

처럼

—「512호 터줏대감」부분 ②

소멸에 대한 시 ①, ②는 각기 다른 방향에서 바라본 소멸의 형식이다.

①은 도시가 어떻게 비정해지는지, 어떻게 추악해지는지, 어떻게 도시인들이 죽어가는지를 노래한다. 웅장한 고층 빌딩의 이면은 온갖 불법과 탈법과 범죄로 얼룩진다. 그런 이면은 축축한 늪지다. 늪지를 기억하는 건 초점을 놓친 눈알이거나 날 무뎌진 발톱이거나 이면을 기웃거리다 멎은 심장이거나 겁에 질려 찔끔찔끔 흘린 배설물이다. 눈알과 발톱과 심장과 배설물은 모두 객관적 상관물들이다. 초점 놓친 눈알은 거대도시의 부조리를 제대로 보지 못하는 시민들일 것이다. 날 무뎌진 발톱은 정의를 실현하지 못하는 도덕적 불감증과 집단이기주의에 빠진 시민의식일 것이다. 이면을 기웃거리다 멎은 심장은 사리사욕과 횡령과 사기와 한탕주의에 물든 온갖 불법의 일상화일 것이다. 겁에 질려 찔끔찔끔 흘린 배설물은 강자에게 혹은 억압적 권력 앞에 비굴해지는 시민들일 것이다. 그러한 시민들은 새로운 종이라 일컫는 대도시의 주류 세력들이 등장했을 때, 그 세력을 등에 업고 건들대기도 했을 것이고 서로 으르렁대기도 했을 것이고 더러는 두려워 숨을 곳을 찾기도 했을 것이다.

대도시는 마치 열대 기후의 울창한 원시림이다. 열대 언어가 우수수 쏟아진다고 노래하지만 열대 언어는 무색의 언어고 그 무색의 언어가 투명한 경계를 만든다. 투명한 경계는 눈에 보이지 않는 계급의식이다. 돈과 권력을 가진 자와 못 가진 자의 경계는 분명해지고 넘어서는 안 되는, 혹은 넘지 못할 경계선이다. 초등학교 학생들 사이의 은어가 그 경계를 잘 드러낸다. 월거지, 빌거지, 엘사거지, 이백충, 삼백충 등이 그것이다. 월거지는 월세 사는 거지고, 빌거지는 빌라 사는 거지고, 엘사거지는 LH가 지은 아파트에 사는 거지고, 이백충은 월수 200만 원의 벌레고, 삼백충은 월수 300만 원의 벌레라는 의미다. 그 경계 너머로 진화한 자본가들이 즐비하다. 자본을 중심으로 형성되는 사용자와 노동자는 갑과 을의 위치에 놓인다. "갑과 을이 존재하는 도시 먹이사슬 속에서 느끼는 서늘한 기운"은 좌절과 절망과 원망과 분노와 적의의 다른 표현일 것이다.

먹고 자고 싸는 것은 지극히 인간적인 행위다. 동물적인 행위라고 해도 다르지 않다. "순간, 배설을 놓친 몸들이 싸늘하게 식어가고 있다"는 경고는 섬뜩하다. 도시 기능에서 배설을 놓친다는 것은 도시 기능의 어느 한 부분이 마비된다는 의미일 것이다. 시민들은 죽어갈 수밖에 없다. 그것이 한 시민에게서 일어나는 일이라 하더라도 그렇다. "도시의 법칙"은 우리가 살고 있는 도시가 지옥이라는 통렬한 선언이다. 도시가 폐허로 가고 사람은 멸망 혹은 소멸로 가는 도정에 놓인 것이다.

②는 솜틀집을 하는 '그'의 이야기다. 그는 "삼십 년 전 서울 변두리에 중고 솜틀 기계를 장만"하고 목화로 솜을 틀어주는 일을 했다. 그는 중고 솜틀 기계가 노후되는 것처럼 무릎이 노후되어 입원했고 입원한 병실 512호에는 장기 입원 환자인 터줏대감이 있었다. 솜틀 기계는 씨와 솜을 잘 분리해 냈다.

"가게 앞 평상엔 불치 환자처럼 솜뭉치가 쌓"이고 "불치의 기억은 원통에 둘둘 말려 가벼워졌"다. 여기까지는 솜틀의 작업 상황을 묘사한 것이다. "불치의 기억"이라는 표현이 당돌한 것이기는 하지만 그의 기억은 가난이었고 질병이었고 변두리의 삶이었으니 되돌리기 싫은 기억이었을 것이다. 그 기억이 솜뭉치를 말아내는 원통에 말려 잊히는 것이다. 그렇게 가벼워진 생은 그의 처방을 떠나 재생을 기다렸던 것이다.

낡은 솜틀 기계는 자주 고장 나고 그때마다 수리할 수밖에 없었다. 솜틀 기계의 수리는 그의 덜컹대는 뼈마디의 수리에 맞물려 마디마디 말랑말랑 연골이 채워졌다. 새로운 연골은 그의 삶을 생생하게 했다. 솜틀 기계가 낡아가는 것과는 다르게 그의 몸이 512호 병실의 터줏대감처럼 생생해졌다고는 하지만 그는 이미 늙었고 생생한 기색은 잠시뿐이라는 걸 그는 알고 있을 것이다. 솜틀 기계처럼 낡아가는 몸은 조금씩 소멸을 향해 가는 것이다.

안영선의 소멸에 대한 인식은 이처럼 직선의 시간관 위에 있다. 직선의 시간관은 실존에 닿는다. 살아있는 모든 것들은 죽음을 향해서 조금씩 나간다. 아주 서서히 소멸의 길을 가는 것이다. 살아있는 것뿐만 아니라 존재하는 모든 것들이 소멸의 길을 간다는 그의 인식은 그로 하여금 모든 세사를 연민하게 하는 것인지도 모른다. 연민은 그의 시편을 떠받치는 힘이다.

4. 가족에 대한 가없는 사랑

안영선은 가족공동체에 대한 남다른 사랑의 언사를 보인다. 가족은 인류의 역사가 시작된 이래 가장 오래된 공동체다. 가족은 가치나 이익과는 상관없이 정으로 연결된 혈연 조직이며 깊은 유대 관계를 형성하고 있는 사회의 기본 단위이다.

> 황사 주의보를 안고 거실로 들어선다
> 문득 눈 끝이 머문 식탁
> 춘곤의 기지개로 손짓하는 아내의 필체
> 숨겨진 보물을 찾는 아이처럼 세탁기를 향한다
> 주인도 없는 사이
> 거친 숨을 몰아쉰 흔적이 하수구 거품으로 남았다
> 세탁기 속에는 아내와 딸
> 아들이 서로 부둥켜안고 있다
> 그사이 내 팔 하나는 아내의 바지 속에
> 다리 하나는 아들의 태권도복과
> 딸아이의 블라우스 사이에 끼어있다
> 배시시 웃음이 묻어난다
> 서로가 묶고 묶는 일상의 연결 고리
> 그 관을 따라 끈적한 정이 흐를 것이다
> 하나가 둘이 되고
> 또다시 넷이 되는 소박한 섭리

두 팔로 가족들을 안고 거실로 나온다
튼실한 줄기에 앙상한 가지로 뻗은 고목
그 나무에 자꾸 잎이 돋아난다
가지에 잎으로 걸터앉은 아내와 딸아이
금강권으로 한껏 폼을 잡은 태권 소년
그 좁은 틈을 비집고 내 무좀의 흔적도 자리를 잡는다

오늘도 익숙하게 가족의 일상을 넌다

—「빨래를 널다」 전문

아내는 남편에게 세탁기의 빨래를 널어달라는 메모를 남
긴다. 남편은 세탁기를 향한다. 남편이 열어본 "세탁기 속
에는 아내와 딸/ 아들이 서로 부둥켜안고 있다/ 그사이 내
팔 하나는 아내의 바지 속에/ 다리 하나는 아들의 태권도복
과/ 딸아이의 블라우스 사이에 끼어있"었다. 그 옷가지의
풍경은 가족의 풍경이다. 서로에게 서로를 기대고 있는 따
스하고 미더운 가족 관계의 실상이다. 이 광경을 본 남편은
배시시 웃음이 묻어난다고 고백한다. "서로가 묶고 묶는 일
상의 연결 고리/ 그 관을 따라 끈적한 정이 흐를 것이다/ 하
나가 둘이 되고/ 또다시 넷이 되는 소박한 섭리"는 식구가
어떻게 늘어나는지, 식구라는 게 무언지를 생각하게 한다.
   가장은 "튼실한 줄기에 앙상한 가지로 뻗은 고목/ 그 나
무에 자꾸 잎이 돋아난다/ 가지에 잎으로 걸터앉은 아내와
딸아이"가 사랑스럽고 아들은 금강권으로 한껏 폼을 잡은

태권 소년, 아빠의 무좀 자리도 닮아있다. 남편은 한 아름 안고 나온 일상을 익숙하게 넌다. 가족의 사랑을 드러낸 정겹고 따뜻한 시다.

> 언젠가 잠든 아버지 배에 귀를 대본 적이 있다
> 구두끈처럼 남아있는 수술 자국 속에서
> 곧 멈출 듯한 것들이 삐걱대며 소리를 내고 있었다
> 낡을수록 더 생생하게 들려오는 소리
> 빛을 잃어 시력마저 놓아버린 피라미처럼
> 한 척 두께를 사이에 두고 모진 목숨 이어가는
> 개울 건너던 아버지의 마음은 아닐는지
>
> 복개천 밑에서 어둠을 더듬고 있을 아버지
> 점점이 흐려지는 버들피리 그 후미의 소리를 듣고 싶다
> ──「복개천을 걷다」 부분 ①

> 흉터를 걱정하는 아내를 보면
> 자꾸 웃음이 나온다
> 한 줌의 살덩이를 도려내고 얻은 생이
> 더 강할 수 있다는 사실에 몸이 가볍다
> 작은 아이가 떠 준 모자를 쓸 때도
> 귀밑을 살짝 드러내는 것은
> 처음으로 몸에 새긴 타인의 흔적 때문
> 한때 흉터가 문신으로 남기를 기도한 적이 있다

이 음영 진 자국에 겸손해지는 것이 있다는 사실을

아내에게 자랑하고 싶은데

딸아이의 졸업식 소식이 가까울수록

흉터가 흐릿해졌으면 좋겠다는 생각도 문득문득 든다

　　　　　　　　　　　　　　　—「흉터로 남다」 부분 ②

단풍 주의 구간

아내에게서 처음 들어본 말이야

두근대는 아내의 속내를 귀가 먼저 읽어낸 말이지

도로 표지판에 없는 말

인터넷에 검색되지 않는 말

풍경이 꼭꼭 숨겨 두었다 이 계절에만 끄집어내는 말이었지

아내는 시월이면 단풍 주의 구간을 달리고 싶어 했어

　풍경이 전하는 말을 듣고 싶어 했지

　　　　　　　　　　　　　—「단풍 주의 구간」 부분 ③

　①은 복개되기 전 개울을 건너 늙은 소를 팔러 가던 아버지의 기억을 중심으로 시상을 전개한 작품이다. 그날 아버지는 버들피리를 꺾어 불며 돌아왔었다. 그 개울은 지금은 복개되어 꼬리가 휘어버린 물고기가 살고 있다. 생략된 앞부분의 이미지들은 가난한 아버지의 모습으로 충만하다. 화자는 "언젠가 잠든 아버지 배에 귀를 대본 적이 있다/ 구두끈처럼 남아있는 수술 자국 속에서/ 곧 멈출 듯한 것들이

삐걱대며 소리를 내고 있었"는데 그 소리들은 낡을수록 더 생생하게 들려오는 소리였다. "빛을 잃어 시력마저 놓아버린 피라미처럼/ 한 척 두께를 사이에 두고 모진 목숨 이어가는" 아버지의 개울 건너던 마음이 곧 멈출 듯 삐걱대는 소리였을지 모른다.

그러던 아버지는 세상을 떠났다. 이제는 잠든 아버지의 배에 귀를 대고 곧 멈출 듯 삐걱대는 소리를 들을 수 없다. 아버지는 "복개천 밑에서 어둠을 더듬고 있"기 때문이다. 아버지가 즐겨 불던 버들피리 소리는 기억에서 점점이 흐려지고 그 후미의 소리조차 들을 수 없게 되었다. 화자는 복개천을 건널 때마다 아버지의 기억으로 눈시울이 붉어질 것이다. 그것이 혈육 간의 지극한 사랑이다.

②는 한 줌의 종양 덩어리를 제거하는 수술을 받은 남편의 수술 자국이 흉터로 남을까 봐 걱정하는 아내의 이야기를 풀어간 시다. 흉터를 걱정하는 아내를 볼 때마다 자꾸 웃음이 나오는 남편은 "한 줌의 살덩이를 도려내고 얻은 생이/ 더 강할 수 있다는 사실에 몸이 가볍"지만 아내의 걱정은 괜한 걱정일 뿐이라고 생각하지 않는다. 그게 아내의 사랑법이니까 그렇다. 시 속의 남편은 "작은 아이가 떠 준 모자를 쓸 때도/ 귀밑을 살짝 드러내는 것은/ 처음으로 몸에 새긴 타인의 흔적 때문"이라고 생각하는 성실한 남편이며 자상한 아버지다. 그러한 남편도 한때 흉터가 문신으로 남기를 기도한 적이 있다고 고백한다. 왜 흉터가 문신으로 남기를 꿈꿨을까. 고대의 문신은 주술적 의미가 강했다. 현

대의 문신은 주술적 의미보다는 아름다움을 추구하기 위한 개인적 취향에서 비롯된다. 그러나 조직폭력배들의 험악한 문신이 혐오의 대상이 되기도 했다. 지금은 일부 스포츠 스타나 연예인들이 문신을 한다. 수술 흉터가 무엇 때문에 문신으로 남기를 기도했을까. 남편의 내면에 일탈의 욕망이나 주술적 힘에 대한 희원이 있었는지도 모른다. 그러나 문신을 향한 욕망과 희원은 아내에 대한 사랑과 믿음으로 마무리된다. "이 음영 진 자국에 겸손해지는 것이 있다는 사실을/ 아내에게 자랑하고 싶은데/ 딸아이의 졸업식 소식이 가까울수록/ 흉터가 흐릿해졌으면 좋겠다는 생각도 문득문득 든"다는 것이다. 문장마다 가족 간의 믿음과 사랑이 넘치는 시이다.

③은 「단풍 주의 구간」 부분이다. 이 작품에는 매혹적인 첫 행 "풍경은 말의 재단사였을지도 몰라"라는 문장이 눈길을 잡아끌었다. 말하는 풍경이어서 풍경은 말의 장단과 고저, 말의 품격과 울림을 재단하고 있다. 문장은 아름다운 단풍의 풍경이 얼마나 감동적인가를 선언한다. 그러나 붉게 물든 풍경은 말을 놓치기도 하는 것이어서 도로 위에 갇힌 고라니의 풍경을 펼쳐보인다. 도로 위에 누워있는 고라니의 풍경을 목격한 아내가 무심코 던진 말이 "단풍 주의 구간"이다. 아내에게서 처음 들어본 발화다. 그날은 "두근대는 아내의 속내를 귀가 먼저 읽어낸" 날인 것이다. 그 발화는 도로 표지판에도 없는 말이고 인터넷에도 없는 말이다. 그 말은 "풍경이 꼭꼭 숨겨 두었다 이 계절에만 끄집어내는

말"이다. 마치 비명처럼 터져 나온 아내의 순수한 발화다. 단풍의 아름다움에 취해 넋을 잃는 동안 어떤 일이 벌어지는지를 알게 된 아내의 비명, "단풍 주의 구간"은 아름답고도 슬픈 비명이다.

그랬던 "아내는 시월이면 단풍 주의 구간을 달리고 싶어 했"고 "풍경이 전하는 말을 듣고 싶어 했"다고 회상한다.

5. 반역의 불편한 언어들

안영선의 시는 이상향인 몽유도원을 향해서 간다. 그러나 몽유도원이 종착지는 아니다. 그의 시는 닿고자 하는 몽유도원 너머를 지향한다는 데 그의 고뇌와 언어의 질곡이 있다. 그 고뇌와 질곡이 자신에 대한 반역의 문장이다. 반역의 문장은 낯선 문장이고 뒤틀린 문장이고 광인의 문장이거나 유아의 문장이다. 그러나 그 문장은 사물의 본질을 꿰뚫는 문장이다.

"한때는 물길과 바람이 관장하는 초식의 영토였"거나 "다시 돌아가야 할 미궁의 길 회귀의 항로"였거나 "공제선 위로 만월이 고개를" 든다거나 "술잔을 나누었던 어깨가 기둥 뒤에서 파르르" 떤다거나 "허공으로 뻗은 뿌리 따라 하늘도 붉은 꿈을 꾸기 시작했"다거나 "눈으로 새긴 것들이 차곡차곡 나이테를 채웠"다거나 "말을 놓친 풍경이 도로 위에서 싸늘하게 식어가고 있"다거나 하는 이미지들은 그의 문장이 반역의 기미를 보이는 이미지들이다.

> 바람의 이력이 투명을 쫓고 있다
>
> 창밖은 풍경 소리 투명한 반나절의 어디쯤
>
> 남은 햇살이 싹둑 잘려 나간다
>
> 풍경 끝에서 요동치던 물고기
>
> 조각난 햇살 피해 흐릿한 구름 속을 붉게 헤엄치는데
>
> 저 회귀성 어류,
>
> 골목으로 축 처진 어둠을 물고 들어선다
>
> 어둠은 잠시 맑은 창 안을 기웃거린다
>
> 투명한 것의 실명은 투명하지 않은 것
>
> 맑은 창 안에서는 사라졌던 투명한 것들이
>
> 어둑한 창 풍경 위에 겹쳐 있다
>
> 투명의 이면에 새겨지는 반투명의 실루엣
>
> 맑은 창에서 보이지 않던 질곡의 생이
>
> 불투명 창을 기웃대는 그림자처럼 상처를 새긴다
>
> 때로는 어둠 속으로 숨어야 할 것이
>
> 어둠 속에서 그 본성을 드러내고 있다
>
> 투명이 바람에 쫓기듯
>
> —「투명을 쫓다」 전문

「투명을 쫓다」는 이번 시집에서 유일하게 이미지로 이루어진 작품이다. 안영선 시의 새로운 지평을 열어 보이는 반역의 시편이다. 중심 이미지는 '투명'이라는 추상명사다. 투

명이라는 추상명사를 먼저 생각하고 그 추상명사를 문장 속에 적절하게 배치할 것을 기획한 시작이라고 보인다. 그의 시편들이 대부분 서사를 가지고 있음에 비추어볼 때 이 시에는 서사가 없다. 처음부터 이미지로 이루어진 시를 생각했다는 증거다. 고요한 사유의 시이며 마치 깊은 강의 멈춘 듯 흐르는 장중함이 돋보이는 시다. 고요한 사유의 저류에는 요동치는 번뇌의 급류가 흐르고 있다는 것을 읽어내는 것도 중요하다.

화자가 머물고 싶은 시적 공간은 풍경 소리가 들리는 고적한 산사 근처일 것이다. 바람이 부는 곳은 투명하게 맑은 하늘이다. 투명한 것은 하늘뿐 아니라 풍경 소리이기도 하다. "바람의 이력이 투명을 쫓고 있다/ 창밖은 풍경 소리 투명한 반나절의 어디쯤/ 남은 햇살이 싹둑 잘려 나"가는 산사는 저물기 시작한다. 풍경을 울리던 물고기가 햇살을 피해 붉어지는 구름 속을 헤엄쳐 돌아온다. "풍경 끝에서 요동치던 물고기/ 조각난 햇살 피해 흐릿한 구름 속을 붉게 헤엄치는데/ 저 회귀성 어류,/ 골목으로 축 처진 어둠을 물고 들어선다"는 시인의 상상력은 계속된다. 화자가 이 모든 풍경을 보고 있는 곳은 투명한 유리창 안이다. 물고기가 물고 온 어둠이 맑은 창 안을 기웃거린다. 창 안은 바깥보다 더 어두워져 있을 것이다. 그러므로 "투명한 것의 실명은 투명하지 않은 것"이며 "맑은 창 안에서는 사라졌던 투명한 것들이/ 어둑한 창 풍경 위에 겹쳐 있"는 것이다. 어두워지는 창밖의 풍경은 창에 여러 가지 사물의 실루엣을 반투명으로 비춘다. 그때야 맑은 창에서는 보이지 않던 질곡의 삶의 모습들이 보이기 시작한다. "불투명 창을 기웃대는 그림자처럼 상처를 새"기는 일몰의 시간 위에 화자는 묵연할 수밖에 없을 것이다. 창에 새겨지는 생의 상처는 어둠 속에 숨겨야 할 것들인데 어둠 속에서 더 선명하게 본성을 드러내는 것이다. 마치 "투명이 바람에 쫓기듯".

이 시에 오랜 시간 눈길이 머무는 것은 안영선 시의 미래의 지평이 투명한 사유와 투명한 문장과 투명한 상상력에 있기 때문이다.

첫 시집은 안영선 시인의 그간의 시업이 상당한 성취를 이루고 있다는 것을 보여 준다. 그는 진솔하고 정직하며 허위의식이 없고 과장하지 않으며 사회적인 문제를 깊이 있게 인식한다. 문장을 세공하는 능력 또한 섬세하다. 그의 시 세계는 묵직하고 문장은 어느 위치에서나 떨림을 유지한다. 그렇다고 그가 이쯤에서 도전을 멈추지는 않을 것을 믿는다. 그가 스스로 익숙했던 자신의 문장들로부터 얼마나 먼 곳에 반역의 이정표를 세우는가는 그의 몫이다. 독자들은 그 반역의 문장들을 기다리는 시간을 즐겁게 감내해 줄 것이다.